希特勒四大爪牙之一
戈林

李乡状◎编著

团结出版社

图书在版编目（CIP）数据

　　希特勒四大爪牙之一戈林 / 李乡状编著. -- 北京：
团结出版社, 2015.1（2022.11重印）
　　ISBN 978-7-5126-3344-5

　　Ⅰ.①希… Ⅱ.①李… Ⅲ.①传记小说—中国—当代
Ⅳ.①I247.5

　　中国版本图书馆CIP数据核字(2014)第298006号

出　　版：团结出版社
　　　　　（北京市东城区东皇城根南街84号　邮编：100006）
电　　话：（010）65228880　　65244790（出版社）
　　　　　（010）65238766　　85113874　　65133603（发行部）
　　　　　（010）65133603（邮购）
网　　址：http://www.tjpress.com
E-mail：zb65244790@163.com（出版社）
　　　　　fx65133603@163.com（发行部邮购）
经　　销：全国新华书店
印　　刷：三河市华晨印务有限公司

开　　本：710毫米×1000毫米　　16开
印　　张：15
字　　数：170千字
版　　次：2015年1月　第1版
印　　次：2022年11月　第4次印刷

书　　号：978-7-5126-3344-5
定　　价：68.00元

前　言

　　第二次世界大战已经结束70年了，而那已经逝去的历史却被人们铭记。在那个历史时期里，呈现的鲜活的面容仍旧浮现在人们眼前。无论是值得树碑立传的伟人，还是默默无闻的小人物，都是那一段惨烈的不堪回首的历史的缔造者。

　　回溯整个第二次世界大战的历史，以史为鉴，对于我们今天的生活是十分必要的。只有这样才能够更好地把握现在，面对未来。

　　希特勒被后人称为战争狂人。在第二次世界大战中，以他为"元首"的第三帝国四处侵略，给世界各国人民带来沉重的灾难。致使生灵涂炭，千百万人无辜惨死。尽管在"二战"中纳粹分子曾把希特勒神化，可是生活中的希特勒并不是神，他野心勃勃企图用法西斯主义达到统占世界的美梦，非仅凭他一己之力便能实现。戈林、希姆莱、龙德施泰特和邓尼茨，都是"二战"中的特殊人物，是希特勒手下的四大爪牙，是希特勒反人类战争的帮凶，希特勒和他们一起制造了这段惨绝人寰的杀戮。他们是希特勒反人类思想的执行者，是实现希特勒命令的急先锋。但正义的力量是永远不可战胜的，最终，希特勒的四大爪牙也同希特勒一道永久被人们钉在历史的耻辱柱上。

　　历史就是历史，不会以个人的好恶为转移。戈林——第三帝国的元帅兼空军司令，是希特勒一心想扶植起来的第三帝国接班人,仅凭长袖善舞和唯首是瞻,他很快就赢得了希特勒的重用。对于这一切, 直到希特勒即将离开这个世界的那一天才如梦方醒,真正地认识了戈林的昏庸无能以及不忠,但一切都木已成舟。尽管希特勒在政治遗嘱中对他措辞严厉地指责,但也只能是一种无谓的泄愤,历史不能改写。

无论戈林在第一次世界大战中的光环有多么耀眼,即使是德国人赞不绝口的英雄,也无法抹杀他在第二次世界大战中的滔天罪恶,以及他令人啼笑皆非的军事指挥才能。翻看有关戈林的所有历史材料,比照、分析、总结,就不难发现,原来戈林竟然是一个"二战"史上值得从各个不同角度深思的人物。

在整个第二次世界大战中,希特勒把"党卫军"作为自己的"心腹"。小个子海因里希·希姆莱作为党卫军的首领,成为希特勒手中一张津津乐道的王牌。希姆莱控制纳粹帝国庞大组织——党卫军,消除异己,残害无辜人民。德国《明镜》周刊称他是"有史以来最大的刽子手"。后来第三帝国面临土崩瓦解之时,被希特勒视为王牌的希姆莱却另树旗帜,派人暗杀希特勒。希特勒与希姆莱这种亲如家人又干戈相向的关系是整个第二次世界大战中最富有戏剧色彩的故事。

有一些热血男儿,注定在硝烟弥漫的战场上谱写他的人生旅程。在第二次世界大战中,称作"纳粹军魂"的陆军元帅龙德施泰特就是这样的人。战场是他展现聪明才智的地方,他一次又一次卓越的指挥证明了这一切。抛却对战争性质的价值评判,就其战争胜负而论,龙德施泰特屡立战功,在攻打法国的战役中,他所指挥的部队所向披靡,绕过了马奇诺防线,使得固若金汤的法国防线在德国坦克的攻击下土崩瓦解。法国的军队全线溃退,一个多月便投降。如果不是希特勒怕龙德施泰特孤军冒进,错误地阻止了他的进攻,敦刻尔克大撤退的历史将会改写。可是历史就是历史,龙德施泰特虽然忠心效命于希特勒,可是他的主子却总给他错误的指令,使他的军事天才被掩盖下来。当我们重新整理第二次世界大战的史料,重新评估龙德施泰特的功过是非,不难得出这样的结论——龙德施泰特不仅是希特勒法西斯战争军事上的左膀右臂,而且也是希特勒最不信任的元帅。虽然龙德施泰特尽职尽责,可希特勒却先后四次将其免职。龙德施泰特一生中的错误选择也为后来人提供了借鉴。

在希特勒的爪牙中,海军元帅邓尼茨无疑是希特勒的又一张王牌。邓尼茨对指挥海战时的运筹帷幄,足以让他不愧于“海军统帅”的称号。高远的眼光、过人的智慧与先进的科技相结合,使德国海军在许多海战中获得了胜利。邓尼茨创造的辉煌“战果”,让希特勒欣喜若狂。邓尼茨也自然成为希特勒手下众多著名将领中最让其满意的军事将领。邓尼茨的帅才和忠心成为希特勒在自杀之前,将政治遗嘱中的接班人的名字写为邓尼茨的理由。正因如此,才有邓尼茨以德国最高领导人的身份,在第二次世界大战中与盟军签订了停战协议的一幕。“二战”结束以后,邓尼茨被判处有期徒刑十年。刑满释放后,他依然抱着纳粹军国主义的复国梦想,从事法西斯复辟活动。但历史发展的进程告诉人们,纳粹军国主义的路线是不可能实现的。

第二次世界大战从酝酿到爆发再到结束,正义的与非正义的力量以军事战争的形式、政治斡旋的形式,明面上和暗地里不断地较量着。为了在这些较量中占据主动，获得更多取胜的筹码，间谍这个特殊的战斗身份大量地出现在看不到硝烟的战场上。这些冠名以间谍的人，无畏生死，用鲜血和生命换取对自己国家有利的军事情报。当这些间谍的身份公之于众，当他们的功绩被世人所知之后，历史上那些悬而未决的疑案，便被揭晓。

在书写这些人物及历史事件时，我带领我的学生们查阅了大量的历史档案。江洋、王爱娣、何志民、张杨、祖桂芬、朱明瑶等人也作了部分内容的编写与修改。特别是收集了大量的外文版原始资料，总结了众多的专家、学者对那一历史时期的不同见解，来介绍笔下的人物。所以，我们提笔书写的这些生活在敌人中间的间谍与反间谍时，才能如此有血有肉；内容才能如此详实而丰富。当然，之所以间谍故事、战争人物故事，如此被世人津津乐道，并非我们笔力过人，而是故事本身的错综复杂、引人入胜。是人物本身的人性光辉、人格魅力感染了大家。

说尽滔天浪，难抵笔纵横。我从事编写"二战"史图书多年，这个创作领域是我写作生活中最为着力的地方。时至今日，已经有近30本图书先后出版，这些图书中的文字历经了二十多年风霜雪雨的打磨，倾注了我的心血和努力。在这里，我非常感谢为这些图书出版所做出过不懈努力的老师和学生们，以及有关人士。最后，由于个人的学识水平有限，难免有疏漏，敬请批评指正。

李乡状

2014年12月

目　录

第一章

空军元帅的少年时代

顽皮的少年

历史开了个玩笑,总是让生命从一个起点绕了一个圈,又回到原来的起点上。人生所处的时代环境不同,人生的轨迹也就各有千秋。戈林的一生,是法西斯军国主义侵略扩张直至失败灭亡历史的佐证。

在整个"二战"历史当中,希特勒的帮凶们做了许多反人类的事情,其中应首推空军元帅戈林。戈林的一生与希特勒紧密相联,他们之间又存在一些矛盾。甚至后来,戈林想要通过政变的手段取而代之,可是就在政变失败以后,戈林还认为政变得手,竟然以元首的身份发了两封电报,而这两封电报还戏剧性地落到了希特勒的手中。希特勒在自杀之前,留下了一份遗嘱,在这份遗嘱中,其中很多的笔墨是关于如何处置戈林的。无论怎么说,戈林从"一战"中德国家喻户晓的军人,到"二战"的空军元帅,他的身上有太多的传奇色彩。在苏联红军宣布他被处以绞刑的头一天,他却死于自杀,他的一生有太多的未解之谜。多少年来,史学家们苦苦地探求,却仍有许多事情至今没有准确答案。

人生的出发点是和家庭分不开的,父母是孩子的第一个老师。

巴伐利亚州位于德国的东南部,其地理位置便利,使得当地的经济得到了迅猛地发展。白雪皑皑的阿尔卑斯山横贯全州,山峰、森林、湖泊是州里最常见的地形与地貌特征。作为一座拥有悠久历史和最具古老传统的

希特勒四大爪牙·戈林

州,巴伐利亚有着不一样的人文色彩,在对外政策上,它强调的是联邦思想,对内采用的却是集权统治。

很多人都知道巴伐利亚的首府是慕尼黑,是该州最大的城市。但是巴伐利亚州的罗森海姆,却是一个具有典型特色的德国小镇,都市的繁华与喧闹没有打扰到这座美丽而宁静的小镇。

从历史角度来说,罗森海姆在巴伐利亚的历史变革中占有重要的位置。当年罗马人在这里建造了因河大桥和军事基地,也就是从那时开始,这座小镇逐渐发展成为巴伐利亚东南部的经济文化中心。在城市的博物馆里,一些馆藏品都在证明着罗森海姆的悠久历史。那散发着古老气息的馆藏品,对前来参观的人们幽幽地诉说着这座城市曲折、悠久的历史以及历经的变迁。

独特的地理位置,造就出独特的文化。处在阿尔卑斯山脚下,相依在因河旁,处在慕尼黑和奥地利之间,作为巴伐利亚州东南部文化和经济的中心城市,罗森海姆的工农业都很发达,特别是木材工业。

尽管罗森海姆还不是一个很大的城市,但是市政设施建造得很好。除了应有的部门外,处在交界处的它还设立了外交部门。这一年,外交官是老戈林,他除了担任外交官的职位外,还是一名律师。

环境往往能塑造一个人。海因里希·欧内斯特·戈林是一个傲慢的人,在担任外交官之前,他曾担任过德意志帝国西南非洲殖民地的总督及海地总领事。身处高位加上优越的生活,让老戈林总是表现出高人一等的姿态,即便是在与人交往的时候,也是给人一种高高在上的感觉。

刚刚转过年,老戈林就接到家里仆人打来的电话,自己的妻子法蓝琪丝卡快要生产了。法蓝琪丝卡是他的第二任妻子,虽然她是一位来自普通农民家庭的姑娘,但是善良温柔又漂亮可爱,比他整整小了 20 岁。

对于这个孩子，老戈林还是很期待的，因为他的第一任妻子生出来的是个女儿，他希望这个孩子是个男孩子，以后能继承他的事业。

出于种种的期待，老戈林决定今天就不上班了，要回到家中等候妻子的生产。当他赶到家的时候，孩子也正好出生，是一个男孩子。仆人将刚出生的男孩子传出来，他高兴地笑了，等仆人将屋内收拾妥当之后，他进入房间里，来到妻子身边说："这个孩子就叫赫尔曼·威廉·戈林吧！"

妻子对他的话从来都表示顺从，所以点头同意了孩子的名字，她知道丈夫对这个孩子是多么的期盼，并且寄予了厚望。但是她不知道，这个名字的主人会在几十年后成为追随在希特勒身后的第二大人物，给这个世界带来怎样的灾难。

因为工作原因，老戈林总是很忙，而且长期不在家中。为了照顾丈夫的生活，妻子也在身体恢复之后来到了他的身边，这样的结果就造成了戈林没有人看管。

在没有找到合适的人选照看戈林之前，只能由家中的仆人代为照看孩子的生活起居。但是高傲的老戈林不希望自己的孩子和仆人生活在一起，他认为仆人会的东西根本就不是上流社会需要的。于是他开始给孩子找合适的人选，这个人一定要有贵族的血统，还要有学识，能教育和带着孩子生活。

世间的事物是繁杂的，有时生活的重担把人们压弯了腰。

老戈林为了这个人选可是费尽了脑筋，在报纸上也刊登了广告，也有人过来谈，但遗憾的是，这些人显然都不符合他的要求。在一次上流社会的宴会上，老戈林碰见了一个老朋友，两人一直都是无话不谈，在谈及家庭的时候，欧内斯特把自己的困惑告诉了朋友，希望能找到一位有贵族血统而且学识渊博、有爱心的人成为自己儿子的家庭教师。令欧内斯特兴奋的是，

希特勒四大爪牙·戈林

他的朋友当中目前正好有一位合适的人选,但得经过询问之后,才能给予他答复。

几天的时间过去了,在这期间也有几个人前来面试,但还是不能令老戈林满意。

终于,在一个阳光明媚的午后,老戈林接到了朋友打来的电话,"欧内斯特,我帮你问了,那个人考虑了一下,同意当孩子的家庭教师了,但是孩子得在他的家里。"

老戈林想了一下,说:"那你明天带他过来吧,我想和他谈谈。"朋友爽快地答应了他的请求。

这是一个晴朗的天气,太阳早早地就爬上了天空,蔚蓝的天空飘着几朵白云。欧内斯特看着外面的天气,心想:也许今天这个人会很不错。

双方见面的时间很快就到了,守时是欧内斯特的优点,按照约定的时间,他见到了赫尔曼·冯·恩潘斯丁。通过了解,欧内斯特知道赫尔曼·冯·恩潘斯丁虽然是犹太血统,但拥有骑士贵族的头衔,并且还是一位著名的内科医生、贵族教父。两人的交谈给彼此都留下了不错的印象,最终,赫尔曼·冯·恩潘斯丁成为了戈林的家庭教师。尽管欧内斯特对赫尔曼很满意,但作为一位父亲,对孩子还是有些不舍,为此,他详细询问了赫尔曼的住处,以便以后在空闲的时候能来陪陪孩子。

赫尔曼·冯·恩潘斯丁能够理解欧内斯特的心情,为此把自己在奥地利的住处详尽地告知了欧内斯特,并且保证无论他什么时候看孩子或者是接孩子离开都是可以的,这些诚恳的话语足够安抚欧内斯特的心。

时间如白驹过隙,两人在落日的余晖撒进窗棂的时候结束了谈话。刚进家门的欧内斯特对妻子说:"你将戈林的东西收拾一下,明天他就跟随他的教父走了。"

"教父？"妻子发出疑问。

"是的，那个人是赫尔曼·冯·恩潘斯丁，虽然是犹太血统，但是有骑士贵族的头衔。还是著名的内科医生，学识也很好，这样对孩子是最好的。"欧内斯特说。

"哦，这么快呀！那我去给他收拾要带走的物品。"妻子低声说。尽管她知道自己不能将孩子带在身边抚养，但是这么快就将孩子送走是她没有想到的。

看着表情有些不痛快的妻子，欧内斯特难得地解释了一次："趁着孩子还不懂事，将他送走去接受贵族教育是有好处的。等他长大的时候，就会有贵族的气质，跟着贵族总比跟着仆人要强。"

"我明白，再说我也的确不能照顾他。"妻子说。

就这样，戈林离开了父母，跟随教父来到了城堡中，在城堡中度过自己的少年时光。一年以后，戈林的弟弟也被父母送到了这里，跟戈林在一起学习、生活。

教父对戈林的教育包括了很多方面，既有文化知识上的传授，也有社交礼仪上的传授，可以说是尽心尽力。但是教父对戈林影响最大的是在金钱和道德方面，因为教父轻视道德、崇尚金钱。戈林不喜欢读书，也不喜欢学习上流社会的礼仪，因此他对教父教的东西不感兴趣，反而对军事和打仗很感兴趣。

幼年的孩子都是好动的，戈林的幼年也是如此，且有过之而无不及，城堡里的每一棵树他都攀爬过，草坪上的每一株小草都遭过他毒手的袭击，更不用说那竞相开放的鲜花，都没有逃脱过他的魔爪。只要是草坪上的草倒了一片，花园里的花变成了残花，准都是他的杰作。有时候他当警察，拿着棒子在城堡里四处搜寻着不存在的罪犯。

希特勒四大爪牙·戈林

　　人的心真是无底洞,没法像清清的泉水一样一眼就让人望穿。复杂的生活中也会让孩子们在成长中不停地接受到大人们生活习惯的感染。

　　欧内斯特所有的孩子中,只有戈林最像他,蓝色的眼珠,宽厚的额头,性格坚强外向,并且胆大妄为。虽然在戈林的成长过程中,父亲不是总能过来看望他,但是在少有的几次见面中,父亲的形象在他的内心深处是那样的高大威武,他崇拜自己的父亲,渴望成为像父亲那样的人。

　　随着时间的流逝,赫尔曼·戈林在教父的教导下,仆人的照看下,弟弟的陪伴下,已经长成了 12 岁的少年。少年应该是充满朝气的,阳光应该环绕在少年的身边, 但是这充满朝气阳光的特质并没有从赫尔曼·戈林的身上折射出来,因为在他的身上更多的是放荡不羁。

军校里的好学生

看到这样的戈林,母亲感到了失望,这与她心目中那个应该具有上流社会优雅举止、彬彬有礼的样子差了很多。而他的父亲欧内斯特就更加失望了,原本对他寄予了厚望,却不想自己的儿子变成了不学无术的孩子,这令他对戈林的未来很是担忧。虽然戈林没有成为欧内斯特心目中的绅士,但身为一个长期不能陪伴在孩子身边的父亲,他对戈林是心存愧疚的。于是,为了改变戈林目前的状态,以致他能拥有一个美好的未来,他又开始筹划起来了。经过一番思量之后,他决定把戈林送到寄宿学校学习。

就这样,戈林去了寄宿学校。但是让所有人没有想到的是,学校中规中矩的教育方式让戈林难以忍受,一个自由惯了的人怎么能忍受束缚呢!几个月后,戈林从学校逃回了家。

对于本应该出现在学校的戈林出现在家中,让欧内斯特万分头疼,并且这段时间的学校生活,让戈林对文化产生了强烈的厌倦心理。以至于在后来,戈林对学习也十分厌倦。没有办法,欧内斯特开始重新给戈林选择学校,在这段时间里,戈林就待在家中。

事情终于有了结果,欧内斯特决定让戈林上军事学校,对于父亲的决定,戈林很是高兴。他本来就不喜欢读书,不喜欢上流社会的那些东西,只喜欢军事方面,甚至渴望去带兵打仗。对于教父和寄宿学校教的那些东西,

希特勒四大爪牙·戈林

戈林常常说的一句话就是：这些该死的文化知识。就这样，在赫尔曼·戈林12岁的时候，他终于摆脱了文化课的苦恼，走进了军事学校的大门。

作为军人是以服从命令为天职，他们需要经过刻苦的训练。

欧内斯特为戈林选择的是一所空军士官学校，它坐落在卡尔斯鲁厄，这座古老的城镇并没有因时过境迁而变得落寞。相反，由于独特的地理位置，它不仅传承了古老的文明，同时也引领了现代技术的发展。早在1877年的时候，这里就有电车在市中心运行。既然是空军士官学校，当然是以培养空军士官为主。

军队里一向是相信强者为尊的，军校里也是一样。尽管赫尔曼·戈林没有在普通学校念过书，接触的人也只有自己的兄弟、教父和那些仆人，但是他还是很快在军校站稳了脚。可能是天性的原因，与一同入学的人相比，戈林显然是很适应这里的生活，就像是鱼回大海那样，找到了自己喜欢的理想的地方。

军校里的一切都是新鲜的。文化课上老师教授的知识也与教父和寄宿学校教授的不一样，体能课上的训练与平时自己练的也不一样，而且和这些不认识的人一起吃饭、一起生活是一个全新的感受。一切都是新鲜的，这里的生活让戈林感到了愉快，对这里充满了好奇。

实际上，军校里的训练与军队相比强度差很多，但是对于一个12岁的孩子来说，要想顺利地完成这些还有一定的困难。

因为是培养未来空军士官的学校，在训练内容上会跟空军在某些方面有些关联。这所学校开设了初级士官训练班，每一期除了有像戈林这样的孩子进入初级班以外，这里还对军官进行培训，这些人要通过一定的训练成为军事长官，成为训练、指挥和教育普通士兵方面的助手。

为了能让这些学员尽快掌握军队的一些知识，训练班的课程被安排得非常满。内心引导课、政治教育课、军事法与军人守则课等都是要学的,还有指挥与军事行动课、武器与射击训练课、训练理论课、队列勤务课、卫勤训练课、体育训练课等,当然在课程结束后还有考试。

一向不喜欢文化课的戈林在军事训练方面表现得很出色。兴趣是孩子最好的老师,戈林对军事训练很感兴趣,所以在上课的时候也很用心,成绩当然也很出色。但是在文化课程方面他就不行了,就算是文化方面的课程也和军事有关,他也提不起精神来,看到文字就头疼。所以,他在文化课方面的成绩很让人头疼。

这样的成绩让戈林很发愁,因为在学习结束后还有考试,他真的很喜欢军校的生活,他不希望因为考试成绩太差而葬送自己的军校生活。可是怎么办呢? 怎样才能让自己的文化课程提高上去呢?

这令一向玩世不恭的戈林很苦恼,他开始想办法解决这样的困境。绞尽脑汁的他首先想到的是让同学在考试中给自己传递答案, 但是这样的话,就将自己的弱点暴露在同学面前,而这样的结果是自己不愿意看见的;靠自己的话,就得十分的努力,甚至将自己用在军事方面的时间挪出一部分来,将大块的时间用在令自己头疼的文化课上。但是这样的话,自己在军事上获得的乐趣就少了。两个办法斟酌之后,他还是没有拿定主意,到底该怎么办呢?

寒暑几度,业精于勤。生活中一次又一次考验着人们面对选择的态度。选择不同,路上的风景会截然不同。

几经考虑,戈林最后下定了决心,还是靠自己比较好。这样就不会有任人摆布的机会,自己永远相信自己才是最正确的选择。有了决定的戈林开始将自己的时间重新分配,他将自己在军事方面用的时间挪出一部分来,重新整理自己跟不上的文化课方面的内容。努力过后是甜美的果实,在学

希特勒四大爪牙·戈林

业结束的时候,戈林如愿以偿地通过了考试,他可以继续在军校里念书了。

寒来暑往,春去秋来。4 年的时间很快就过去了,戈林已经成长为一个帅气的小伙子,也到了离开卡尔斯鲁赫厄的军事学校的时候。本来戈林的合同已经到期了,一般来说,合同期在 4 年以下的初级训练班学员要被分配到军队接受一段时间的军事专业训练和岗位训练,然后到军队任士官。但是戈林很享受军校的生活, 他选择了继续进行军事专业训练和深造,他要进入著名的军事学校学习,几经选择,他决定去格罗斯利希特费尔德高级军校。

格罗斯利希特费尔德高级军校坐落于柏林的郊区,是一所著名的军事学校。这所学校于菲列特大帝时代始建,可以说有着悠久的历史,是德国最好的军事学校。除了有着悠久的历史,这座学校的战略地位也十分重要,正好在柏林通往外省的咽喉要道的位置上,将柏林守护其中。

大块大块坚固的花岗岩堆垒起的校墙,上面长满了斑驳的苔藓,积淀的岁月留下的是历史的痕迹。学校的四角建有望塔,望塔上面还有射击孔,主要是为了防御敌人的入侵。由此可以看出,在建校之初,设计者就预见了它非同一般的价值。

在用花岗岩围成的院子里,有教室、宿舍,这些建筑都是在自己固定位置上,并且建造得十分合理,既方便学习,也方便日常的生活。

供实战演习用的营房在院子的另一侧, 与日常的学习生活区分开来,而储存弹药、食物的仓库也在院子的一个角落里。即使这里遭受到敌人的进攻,那么这所学校就会成为一个准备充足的战事基地,能够有力地阻止敌人进攻的脚步。

学校将专业划分得很细,将这些未来军官所需要的知识作了系统的划分,如参谋系,顾名思义,是培养未来参谋的;军种司令部专业系,是培养将来能进入各军种司令部的人才。

当然，这里的学业形式还是一样的，只有完成前一系的学习，并且成绩足够优秀方能进入下一个系学习新的知识。

世界上任何一门学问都是简单而复杂的综合体。学者不难，不学者难。只要人们认真努力，刻苦学习，再假以时日，就一定会做到事半功倍。

对于学员的学习，学校也有安排。按照规定，学校将学员的训练分成三个阶段，分别是基础科目训练阶段、应用科目训练阶段以及专职业务训练阶段。这三个阶段的训练可以让入学的学员们在打好基础的同时，将理论和实际相结合，并且还具备了专业技能。

注重实践教学是这所学校最大的特色，在整个教学过程中，实践占了很大的比例。

当学员完成基础科目的学习后，为了能让学员掌握所学的知识，学校将学员分配到各自适合的岗位实习。待实习期满后，学员才能回到学校进行下一阶段的学习。正是这样的教学方式，让这些学员具有较强的业务素质。当然，伴随着学习结束还有结合训练和演习的军事实践活动。

因学校本身具有的培训能力，且在训练学员的方式上也很灵活，也就是说训练的时间是浮动制的，不同的训练类型有着相应的训练时间。

时间不停地轮转，没有人知道未来能什么样，甚至连下一秒钟能发生什么也不能预测到。也许当初欧内斯特只是出于让戈林能具备上流社会需要的形象而把他送进了军校，但是戈林却在军校中找到了自己的方向，并且成为了第二次世界大战的刽子手。而选择格罗斯利希特费尔德高级军校的戈林，在没进入学校前也未意识到，这所学校在不久的将来会成为培养未来军官的摇篮。他更不知道，参与第二次世界大战的很多德国高级将领都是从这所军事学校毕业的，他们将自己在军事上的理想尽情地施展到了

希特勒四大爪牙·戈林

世界的战争中。

经过精心地准备，戈林很轻松地通过了考核，成为了格罗斯利希特费尔德高级军校的一名学员。在知道自己被录取之后，戈林很高兴，这意味着他能继续学习自己喜欢的东西。

在空军士官学校的时候，戈林的成绩一直很优秀，这种荣誉让他感到无比骄傲。但是到了格罗斯利希特费尔德高级军校就不一样了，能来到这里学习的人都是足够优秀的，因为没有足够的能力就不可能通过严苛的考试，继而进入该校学习。面对这样的境况，戈林失落了，他找不到当初带给他的骄傲与荣誉感，也找不到众星捧月的感觉。

最重要的是，格罗斯利希特费尔德高级军校教授的军事知识似乎和空军方面的不太一样，可以说是以陆军为主。在戈林的心里，空军是战无不胜的，驾驶着飞机从空中飞过，这是多么让人热血沸腾的事，但在这里，陆军训练成为了主流，而对空军的训练却被轻视了。

作为空军士官学校出来的学生，戈林对于军校的规矩还是懂的，服从是他现在唯一能做的事。尽管心里有些不痛快，但是戈林还是投入到军事训练中，哪怕这个训练内容多数是关于陆军方面的，因为他梦想着自己在将来的某一天能成为一名统帅。

理想是人奋斗的目标和动力。为了实现理想，多少人费移山心力才有所建树，多少人在奋斗的激流中又被时代所淘汰。春天，因为生机勃勃、气象万新，才使大地孕育了收获的果实。青春，因为朝气蓬勃、斗志昂扬，才使人们赢得了如花似锦的未来。然而朽木不会因春天的到来而开花，懦夫也不会因为年轻的时代而奋斗。

在戈林的心中，空军始终是未来战争的主导，拥有绝对的作战优势。渴望能增加空军方面知识的他，常常钻到图书馆就是一天，此时的戈林是一个怀揣理想的有志青年。

　　时间如水,戈林在军校的学习生活马上就结束了,最后的考察也顺利地通过了。他的文化课成绩很低,但其军事成绩却是全校第一,为此,校长还给他的父亲发出了优异成绩的报告单。此时的戈林正幻想着自己胸前佩戴着各式功勋章,接受着来自四面八方的赞许。

希特勒四大爪牙·戈林

意大利之行

对于戈林来说,学校的生活给了他精神上的满足,而这种满足感也是他一直追寻的。日子正在悄无声息地流逝,戈林在军校的学习也即将结束,至于他将去哪里服役则等待通知。离校后的戈林回到了巴伐利亚,回到了父母的身边。

回到家的戈林没有了军校教员的管制,又恢复到进入军校前的情况,开始了无所事事的生活,在他的身上依然没有体现出上流社会应有的礼仪和教养。

看到这个样子的戈林,父亲欧内斯特对他有些失望,但此时他已明白以前自己对戈林的教育并没有起到多大的作用,这次,他希望戈林能够自己认清目前所处的位置,能够对自己的未来有所规划。

父子两人很长时间都没有过多的交流,欧内斯特的心情一直很凝重。戈林虽然表面上看起来玩世不恭,对任何事情都不热衷,但他明白父亲内心的想法,只是他不愿意过多的解释。

一次,他向父亲提出了要去旅游,这次他难得地解释了要去的地方和一同去的朋友。

对于戈林这次的出游,欧内斯特内心也反复地思索了一番,想想自己的儿子确实没有去过什么太远的地方,想当年自己在他这个年龄的时候已经去过很多地方了,在欣赏风景的同时也增加了人生阅历。于是,他便欣然同意了戈林的想法。为了能够随时记录旅途中遇到的事情,戈林还带了日记本。

米兰位于意大利北部,因其处在欧洲南方的重要交通要线上,所以这座城市有着悠久的历史,潮流、观光、建筑、绘画、歌剧、艺术品等都成为了这座大都会的主流。游走在油画的世界里,感受着蓝天白云,只一眼,便是永远,这将是何等的唯美,这座闻名于世的城市也深深地吸引着戈林和他的朋友们。

在米兰,戈林看到了达·芬奇、拉斐尔、贝里尼等艺术名家的杰作。他们也去了米兰的要塞,并根据自己所学的军事知识对这座要塞给出了不同的观点。

米兰的歌剧、艺术品以及独特的建筑都散发着美的灵秀,戈林陶醉了,他陶醉在艺术品之中而无法自拔。但他不仅限于欣赏它们,领略美的魂魄,更想将这些艺术瑰宝占为己有。当他把自己的想法告知朋友们的时候,大家都感觉他在痴人说梦。戈林的这趟米兰之行让他对艺术杰作着了迷,并在以后的日子花费了大量的心思用于研究艺术品,这为他成为艺术品收藏家打下了基础。也让他在成为纳粹党第二号人物之后,大肆收集艺术杰作作了铺垫。

离开米兰后,戈林和同伴乘坐火车穿越了伦巴第,在领略到平原风光后,来到了维罗纳。

维罗纳地处意大利的北部,地理位置优越,交通便利,是兵家必争之地。因为城市里的铁路和公路同欧洲相连接,是主要的交通枢纽,所以这里还有"意大利门户"之称。这座城市著名的是葡萄酒、水果和大理石,而工业上的纺织业、机械制造业也不逊于这三种产业。

希特勒四大爪牙·戈林

维罗纳是具有古罗马风格的第二大城市,不同时期的经典建筑在这里随处可见。圆形竞技场、古代罗马圆形露天剧场、纪念碑以及许多造型精美又别致的教堂遍布整个城市。

在漫长的岁月中,这座写满着历史痕迹的小城依旧保持着它原有的姿态,迎接着来自四面八方的客人。

可能是念过军校的缘故,残酷的争斗总是能让人热血沸腾,戈林和同伴首先选择的观光地点就是古罗马竞技场。

那些巨大又古老的柱子,那些随时想要倒塌的巨墙,都在叙述着当年这里角斗士们为了生存而战的故事。

望着场下搏斗的角斗士,戈林仿佛置身于这场角斗中,自己是一位勇敢的角斗士,在凶猛的野兽面前,自己是那么的英勇无畏。最后,这只野兽死在了自己的手下,台上的观众很是兴奋,为了勇敢的角斗士而欢呼喝彩,想到这里,戈林脸上不禁浮现了洋洋自得的微笑,但这一切也不过是幻想而已,角斗也在他的假象中结束了。

真是幸运,戈林几个人在维罗纳找到了一家德国饭馆,更令他们高兴的是,这里有慕尼黑勒文布劳啤酒。

戈林几个人点了自己喜欢吃的食物后,又额外要了一些啤酒。虽然啤酒的味道不是很正宗,或许是喝不习惯,但毕竟他们这是在意大利。所以还在能接受的范围内,几个人吃过饭、未雨绸缪的米尔豪森中尉喝完酒就去休息了。

当戈林从意大利回来的时候,学校的通知书也到了。戈林的服役地点是米尔豪森附近的步兵团,军衔是少尉。但是在服役之前,他得回到学校进修,通过军官考核后,他才能正式成为军队中的军官。才能到那个步兵团去服役。

实际上,看到通知书的时候,戈林心中就有了疑问,自己明明对空军方面感兴趣,结果却被分到了陆军,成为了步兵,这着实让戈林有些不痛快。但服从命令是军人的天职,即便心有疑虑,戈林还是带着自己的物品回到了军校,开始了自己的进修生活。

时光匆匆流去,转眼到了 1913 年末,在这滴水成冰、呵气成霜的寒冷冬日,戈林的从军热情却没有被冰冻,此时的他已经是一名中尉了,在经过一年的进修之后,他的军事生活也正式开始了。

带着自己简单的行李,英姿飒爽的戈林来到了米尔豪森,他的军旅生涯将在这里起航。

米尔豪森位于德国图林根州,距图林根州首府爱尔福特只有几十公里的一座临河之城。尽管不是图林根州的首府,但是米尔豪森却有着悠久的历史。

据史籍记载,在公元 775 年该区就已经存在,到 1198 年时该市成立。在 15 世纪时,它成为了"汉萨同盟"的一员,在之后爆发的农民战争中,米尔豪森曾一度是图林根地区政治、经济以及社会运动的活动中心。随着时代不断向前推进,技术的不断革新也带动了当地的发展,铁路枢纽,纺织工业、机械制造业、化学以及木材加工等工业在这里随处可见。至于市容方面,米尔豪森融汇了各个历史时期的文化风情,这里既有 13 世纪和 14 世纪时建造的教堂,又有 17 世纪时建造的市政厅,戈林将要就职的步兵团就驻扎在它的附近。

来到米尔豪森步兵团,戈林在报到后,被分配到 112 巴登团,作为一名初级步兵军官。

对于这样的安排,显然是没有达到戈林心中理想的标准,但眼下也没有更好的选择,他只能迁就,担任 112 巴登团排长一职。高傲的戈林根本就

希特勒四大爪牙·戈林

不喜欢这样的驻防生活，带着别样的心情，他来到了自己要带领团队的所在地。

因其位于边境地带，环境也是可想而知的。这是一个破旧的地方，几间孤立的房子，不远处有几排枯树，经过严冬的考验，只有铺满枝头的积雪点缀其中。

除了这房子、这树，方圆几里也就再没有其他的东西了，尽显萧条之色，了无生气。对于目前所处的环境，戈林很是郁闷，而他即将带领的士兵却更让他失望。

当他来到士兵宿舍的时候，看到的是一群懒散、傲慢的士兵。从他们堆积的烟头、随处乱丢的垃圾以及衣物就可以看得出来，他们不像接受过专业训练的士兵，更像是一群游手好闲的混混。

看到这些，戈林暴躁的脾气又再次地升温了："你们马上给我起来！"这一突然爆发的喊声，引起了全屋人的注意，但只是注意而已，他们并没有依照戈林说的去做。

此时，戈林额上的青筋突出，指着地上一堆的烟头说道："你们就打算这样迎接你们的长官吗？这些就是身为军人的人们所热衷的吗？"似乎感觉到了戈林急剧暴涨的怒气，也或许是意识到了此话的深层含义，一些人回以了戈林瞪目，而有些已经怒气冲冲地站了起来。

这些反应对戈林来说并不代表有什么坏处，毕竟，这代表着自己的存在感。此时的戈林并没有压低自己的气势，依然朝屋里的人大声吼道："难道我说错了吗？"

"你算什么东西？军校刚毕业，就想来带领我们，未免有些不知天高地厚了吧？"一个看着很随意的人发出了懒散的声音，用不怀好意的目光从上到下打量着戈林。

屋子内的其他人也都看到了这个人的行为,不由得哈哈大笑起来。一屋子的人都在等着看这个新上任的长官笑话。

看着这些兵油子,戈林怒极而笑,"我是军校刚毕业,但带领你们还是轻而易举的。也许你们行伍的时间要比我长,但要论军事素养,你们可差得很远。"

"小子,你怎么能肯定你比我们强?"

"若要不信,咱们来比试一下。"戈林自信地说。

"比就比!"接话的人一副不服气的神情。

在戈林的煽动下,这些士兵开始挑出自己拿手的项目,但让这些士兵感到吃惊的是,戈林的军事素养要比他们中的任何一人都强得多。他用自己过硬的军事素养征服了这群高傲的士兵。

在戈林的心中,一直有一个成为将军的梦想,而他也把这里看成了他梦想起航的地方,为此,他付出了巨大的心血。在训练的过程中,戈林为自己的暴躁脾气找到了发泄的途径。

每天早上,戈林都会带着这些士兵出早操,迎着晨光,留下一片足迹。白天除了正常的训练之外,他还增加了训练项目,在一片空旷的场地上设置了障碍物,对这些士兵进行跨越式训练。接着他会对士兵进行白刃战训练,此时的武器是步枪加刺刀,因此训练白刃战是必不可少的项目。这些训练项目一般会被安排在上午进行,在经过中午短暂的休息之后,他会带着这些士兵挖战壕。

在戈林看来,战壕在当时的战争中将会有广泛的应用,在战时它可用来作掩体。

凌霜傲雪,纷飞的雪花飘飘洒洒地从空中飘落下来,在银灰色的世界中织出一张白色的网,笼罩着苍茫大地上的一切,一切也都看得不再那么

希特勒四大爪牙·戈林

真切了。

天地间一片萧条，只有几只麻雀像是在和这场风雪做斗争似的，瑟缩在干枯的枝头上依旧叽叽喳喳地叫着。

已经是深冬了，过了这个年就是 1914 年了。尽管厚厚的白雪覆盖着苍茫的大地，但是空气的火药味没有被这白雪压下，反而越来越浓，似乎到了一个点就会爆发的程度。

敏锐的戈林嗅到了空气中的火药味，开始催促士兵们加紧挖壕堑，并加紧了训练课程。

层层的灰色云朵不能遮挡住冬日的阳光，阳光冲破了层层阻碍，把光芒传递给了大地。但是光线实在是太微弱了，空气中的寒气依然很厚重。戈林穿着厚重的军衣，正在督促士兵们挖壕堑，并时不时地督促或者是强调两句。

这样的日子已经持续一段时间了，士兵们开始抱怨起来："这什么时候是头呀！到底要挖到什么时候？"有人小声地在下面嘀咕着。

对于士兵的这些抱怨，戈林也早有耳闻，但他从来就不会给他们解释什么。因为在他看来，他们只配服从命令。对于未来的世界或者是战争格局，以他们的能力是很难认清的。

在人的潜意识中，对未来的忧虑往往是建立在可预见的基础之上，也就是说，当下所处的环境承载的是未来的积淀。

在和平时期，人们需要的是简单的生活，以及在此基础之上所做的近一步改善工作。所以，对目前这种紧张的氛围，这些长期生活在安逸生活中的士兵很难理解。

在戈林忙着带着士兵做战争爆发后的准备时，整个德国也开始调用战争机器，与战争相关联的机构也开始运转起来。

20世纪初期,重工业并没有以迅猛的姿态向前发展。军队建设以及武器装备虽然得以发展,但发展速度是相对缓慢的。

很长时间以来,飞机作为运输工具应用到生活中,并没有直接参与到战争中。随着科学技术的提升,它已成为了一种新式装备出现在德国的军队中。当戈林看到飞机的时候,不禁想起自己在空军士兵学校时的梦想,但此时自己只能待在步兵军团里,这让戈林未免有些伤感。所以只要有时间,他就会去观看飞机验收时的飞行,这段经历也被戈林写在自己的履历表上。

男儿何不带吴钩,收取关山五十州。每一个热血男儿的心中建立功勋的梦想,不管自己站在正义的一方还是邪恶的一方,只要有合适的机会得以实现。那么,自我价值也会随之提升,从中收获的种种也可慰藉为此付出的一切,但显然戈林不属于高风亮节的一种,利欲熏心的他强烈地需要寻找到梦想的突破口。

1914年的春天,雪还没有完全的化开。大地还是一片银装素裹,道路如明月轻洒,树枝如梨花绽放。虽然天气依然有些寒冷,但已让人有些通透之感,而戈林也在此时获得了一次回家的机会。

回到家的戈林享受着难得的假期,可能是换了地点,心情也变得不一样了,大自然的一切都变得可爱起来。天空中的灰色云彩少了,阳光也明媚起来,小草也从泥土中钻出来,在春风中摇晃着自己娇弱的身躯。透过那些树枝,阳光投射在地面上,形成了千万块的光斑,一阵风吹过,树枝摇晃,互相碰触着发出欢快的"沙沙"声,地面上的光斑也随着树枝摇晃跳起轻快的舞蹈。

知道戈林回家,他的姐姐们也都回家来看望这个弟弟。要知道戈林在小时候可是这个家庭里的掌上明珠。"哦!亲爱的戈林,你在那边怎么样?"

希特勒四大爪牙·戈林

见到戈林之后,姐姐们马上围着他追问起来。"还可以!"戈林并没有表现出太多的热忱,显然他的姐姐已经习惯了这个弟弟的脾气,一直以来他都是一位不善表达的人。

美好的时光往往是短暂的,在家人的关怀下,戈林在家休息的这段时间是很惬意的。但这样的日子并不能永远地保持下去,不久之后,戈林就回到了部队。与亲人的告别往往是最伤感的,即使戈林不善于表达自己的情感,但与亲人分别的伤感之情一直萦绕在戈林的心头。到了部队之后,他的心情依然有些沉重。心内百转亲人的叮咛,但终不能伴他左右,因为自己还有更远大的梦想没有实现。

第二章

"一战"初露头角

萨拉热窝事件引发第一次世界大战

时间的指针在不停地转动着，没有因为任何事件的发生，任何人的改变而停止前进的脚步。在戈林回到军队半年后，时间迈进了1914年的夏天，欧洲的两大帝国主义集团，对世界霸权的争夺和对殖民地及势力范围的瓜分不均产生的矛盾，火药味变得越来越浓。世界格局风起云涌，变化莫测。而这种格局是由经过不断消长、重组的各种力量形成的，经过了从量变到质变的过程，最后的结果往往是相对稳定的。不过，当一些外在或是内在因素干扰了这种稳定结构的时候，世界格局也会随之解体。来自世界各方面的力量也相继加快了解体的进程，在这个过程中，摩擦也在不断地产生。

这一年的6月28日是星期天，波斯尼亚的首府萨拉热窝阳光明媚。在这里随处都能感受到夏的气息，簇锦的繁花，欢唱的鸟儿，蔚蓝的天空，干净的云朵，一切都是那么的悠然。在这个美好的日子里，奥地利的皇储弗兰茨·斐迪南大公携妻索菲亚来这里做特别访问。

这片土地是奥地利在6年前吞并的，这里的人们对侵占自己国土的人充满着仇恨的心理。因此，当斐迪南踏上这片土地开始，刺杀他的阴谋也在酝酿着。从塞尔维亚激进青年枪口中射出的子弹打中了斐迪南的颈部和索菲亚的腹部，一场刺杀阴谋把全世界都卷入到了战争中。虽然战争的主战场是在欧洲，以德意志帝国和奥匈帝国为主的同盟国和以英国、法国、意大

希特勒四大爪牙·戈林

利、俄罗斯帝国、塞尔维亚为主的协约国之间开展的战争,但战争的波及范围并没有停留在这些国家之间。

在萨拉热窝事件发生后,本就对塞尔维亚有心的奥匈帝国在德皇威廉二世的怂恿下,一些本国贵族的推波助澜下,与 7 月 28 日对塞尔维亚宣战。在奥匈帝国对塞尔维亚宣战后,俄国为了对付奥匈帝国也随之进行了国内动员。

看到俄国军事动作频繁,德皇马上宣布德国进入"战争紧急状态",而俄国却在此时宣布停止军事动员,法国也表示了自己的中立态势。不过,德国并没有理会法、俄两国的中立立场,于 8 月 1 日和 3 日分别向俄、法两国宣战。

德皇宣布全国进入到战争动员状态,这一消息让一些有志青年为之激动,报名参军的情绪达到了高涨的程度。与这些刚报名参军的青年人不同,戈林已经经历了两年的军旅生活,此时的他俨然已经是一位老兵了。

米尔豪森的一切他已熟悉,有不少新兵被分配到了戈林所在的军队。看着这些新兵,戈林并没有感到亲切感,也没有从他们的身上寻到自己当年的影子,而是带着一种蔑视的态度。在和新兵相处的日子里,他一直保持着高高在上的姿态,在他看来,这些新兵根本就不适合这场残酷的战争。战火肆虐,很快就蔓延到了米尔豪森。对于这场战争,戈林已经做了一定的准备,提前挖好的壕堑成为了抵御法军进攻有力的掩体。

此时德军在战场上所使用的枪支有毛瑟步枪、鲁格 P08 手枪以及马克沁机枪等,毛瑟步枪更是在步兵军队中得到了广泛地应用。人们对毛瑟步枪进行了改进,弹容量和枪机结构都有所变动,弹仓变为双排、固定式,其底板可以拆卸出来,可以采用从步枪的顶部或是通过弹夹两种方式装弹。除此之外,短款的卡宾枪型也属于毛瑟步枪的一种类型,这种由德军步兵所独创的制式步枪,在炮兵和骑兵部队得到了很好地应用。

　　为了能够在战争中获得更大的利益,各国对军事武器装备的重视程度也在不断地上升, 而一些先进的武器也成为了各国相互竞争的一个亮点。而这种竞争的趋势早在各国为了加强自己武装力量的时候就显现出来了,尤其是对重型武器更是青睐有佳。而马克沁公司生产出的马克沁机枪,在当时成为了竞相抢购的对象。当然,这不包括德国在内。在德国总参谋部看来,这种做法是毫无意义的。1888 年,威廉二世在观看各种机枪测试的时候,对马克沁机枪的卓越性能给予了肯定,并且将此种机枪首次配发给了德国近卫步兵团。虽然德国的总参谋部仍然没有意识到马克沁机枪的优越性,但这并不妨碍它在世界军事上所起到的作用。

　　据德国派驻国外的军事观察员们传回来的消息就可以看出,这种机枪的优越性已经得到了广泛的认可。就目前的情况可以看出,德国总参谋部仍然没有认清这种机枪,将在未来的战场上所占有的重要位置。但这并不能代表德国将放弃对这种机枪的使用权,随着第一批马克沁机枪在步兵团的使用,这种枪已大批量地配备到了德军的各个军团。并针对马克沁机枪的使用作了规范性的操作教材, 但规范教材只是针对一些简单的操作原理,并没有对实际问题提出解决方案。为此,德国军方命令制造枪械的公司对机枪进行减重改造,并进行更为实用性的研发。所以,到第一次世界大战爆发的时候,德国陆军几乎都配备了马克沁机枪。

希特勒四大爪牙·戈林

戈林打的第一个胜仗

夜凉如水,戈林已经带领他的士兵在壕堑里待了两天。两天的时间里,对面的法军一点动静都没有,这完全超出了他预测的战争行进速度。对于这场战争,戈林的心中一直是期许的。因为只有在战争中自己的军事才华才能得以体现,从而实现自己的将军梦,但此时的局面并不能让他看出任何积极的反响。

没有月亮的光芒,天地间都是朦胧的,让人看不清楚。戈林也不知道到了什么时候,只是在心里估算着时间,看还有多长时间才能亮天。他估算,现在距离天亮能看清事物至少还有五六个小时。对于瞬息万变的战场,作战的任何一方都有可能在黑夜中被吞噬。

此时,戈林想了一下,对身边的传令兵小声地说:"你去吩咐一下,可以两个人一组活动一下,但是不要弄出动静,也不要将头和身体露出壕堑。"

"是!"传令兵接到戈林的命令,就开始将命令传达下去了。时间在一分一秒地流逝,这让戈林有了度日如年的感觉,耳畔士兵们相互活动身子的沙沙声不停地响着,而他也更加烦躁起来。

忽然,他好像听到了除了沙沙声以外的动静。于是,他示意传令兵让士兵暂停一切活动,然后侧耳倾听。已经入秋了,地面上飘落了一层厚厚的树叶,当有人经过的时候就会发出细微的响声,戈林听到的就是这种声响。虽然声音很轻,但要是仔细地辨认的话,还是能够区分开来的。蛰伏在战壕中的戈林内心开始激动起来,就连握着枪的手也有些颤抖了,深吸一口气,稳定一下自己的心情。戈林对旁边的传令兵点头示意,传令兵心领神会,再一次地猫着腰通知各班,敌人出现,小心谨慎,等敌人走近了再给予打击。

近了,近了,法军前进的距离已经让戈林看清楚前面的法军士兵。这名法军士兵端着步枪,小心地在向戈林所在的地方走来,并不时地左右晃动脑袋,观察四周的动静。平安无事的四周让这名法军士兵放松了警惕心里,他呼出一口放松的气息。

戈林清楚地瞧见了他的动作,只见戈林的手一落,然后勾动扳机,冰冷的子弹从戈林所持的步枪枪口中射出,在空气中飞行的子弹画出一道绚丽的痕迹,向这名法军士兵飞去。可能是听见子弹划破空气产生气流的声音,这名法军士兵警惕地抬起头向正前方看去,一切都来不及了,子弹已经来到了眼前,他惊恐地睁大自己的眼睛,最后的意识是子弹进入身体后溅出的血花。

随着戈林的手势,枪声陆续地响了起来,空气中的火药味变得浓郁起来,戈林就在这枪林弹雨中寻找着射击目标。一个个鲜活的生命转眼间就成为了一具具冰冷的尸体,无息地倒在了这片广袤的土地上。

敌军想起的枪声,让法军知道自己此次的偷袭失败了。于是已经冲在前面的士兵纷纷寻找掩体,试图将自己的身体隐藏起来。但是这是一块平坦的土地,根本就没有任何可以抵挡子弹的掩体,除了那些树木外,但毕竟树也是有限的。

就这样,一波波蜂拥而来的法军,在德军密集的枪子扫射下成片地倒下,成为了战争的牺牲品。暴露在敌人枪口下的他们,犹如德军练习枪法的活靶子。

希特勒四大爪牙·戈林

　　法军的将领很快意识到他们的行动面临着"流产"的危险。在紧急召开协商会议之后,马上命令前线的士兵停止向德军阵地进攻。付出巨大伤亡的法军很快便退回到所属阵地,此次偷袭行动就这样结束了。

　　随着法军的撤退,戈林率领的小股德军所承受的进攻压力也相对减弱了,此时,在双方交战的地方只有零星的枪声响起。戈林在听完手下人报告完伤亡情况之后,并没有因为昔日战友的离别而感伤,相反,他的内心是兴奋的。看着被自己的子弹射中倒下去的生命,张狂的嗜血因子让他成就感十足,而这种成就感是来自人性的泯灭,对他人生命的轻视。这只是一场小型的德、法两军对垒战役,而在戈林看来,自己在此次战役中的出色表现,已经证明了自己的指挥能力。自这场战役结束之后,他又开始憧憬起成为将军的那一天。

　　法军的偷袭被德军有计划的伏击破坏了,这样,米尔豪森附近又陷入黑暗的世界里。这一次,这个黑色的世界有了动静,听,那些被子弹击中受伤的士兵发出的粗重的喘息声,一声声痛苦的低吟搅乱了这宁静的夜晚,伴着一抹晦暗的光线,徒增了一分诡异。他们中有很多人都是第一次接触战争,第一次承受生命的考量,也是第一次感受鲜血沾满双手,一具具失去生命力的尸体震撼了他们的心灵。当然,戈林是这些人中的例外,他的眼睛依旧盯着法军的方向,尽管什么都看不见,但他还是维持着同样一个动作。

　　远远地,地平线上出现了一抹光亮,这一抹光亮拉开了夜的黑暗,天,亮了。太阳还没有出来,但这光亮却与还没有退却的黑暗相接,一半是黑色的天空,一般是蓝色的天空,这种场景可是不多见。戈林注意到了,看到这样的天空,他感觉到自己的心也变得舒畅起来。

　　清晨的空气是新鲜的,尽管有些寒气,但却让人精神抖擞。传令兵找到了戈林,立正道:"报告长官,上级来信!"

"念吧！"经过一场战斗，戈林的语气也变得和蔼起来。

"已知昨天晚上战斗，你部作战勇敢，兹以鼓励。现令你部撤下战场到后方休整，接到命令起实行。"

传令兵念完后，戈林挥手，表示自己已经知道上面的命令，让传令兵离开。然后戈林开始整队，带领自己的士兵换到后方休息。

戈林带领着自己的战士从前线撤下来，回到后方的他顾不上梳洗，直接倒在了自己的床上。真累呀！两天下来，精神高度紧张的他感到了疲惫，但是想到当时战场上的情形，戈林的心又有些兴奋。回味着自己战斗时的情景，戈林进入了梦乡。也许，在他的梦中，还是那炮火纷飞的战场，只不过他成为了总指挥，指挥着千军万马冲锋陷阵。

休息好后，戈林起来叫来了传令兵问："前方有什么动静？法军又进攻了吗？"

传令兵回答："什么动静都没有，法军也没有进攻，似乎已经放弃了！"

这样的回答，让戈林感到了失望，他还没有打够呢！这叫什么战争，还没怎么样就要结束了。这要是结束了，自己怎么当将军？

日子一天天地流逝着，戈林始终都没有接到让他带队去前线的通知，他失望了，整天站在高处，向远方的前线观望，但什么也看不见，距离实在是太远了。米尔豪森这个地方的战斗真是太少了，戈林除了那一天晚上参加的战斗算是大的外，剩下的都是零星交火，地点是在孚日、塞海姆和洛林等几处。

希特勒四大爪牙·戈林

荣获二级铁十字勋章

　　就在戈林不再对自己能上战场抱有希望的时候,他接到了上面下达的命令,命令他带领士兵去纳尼—埃普诺尔支援,同时由于他在几场战斗中的出色表现,他的职位升为营副官。戈林变得神采飞扬起来,这正是他所期望的,不仅有战斗,战斗获得军功能让他很快成为将军。于是,他连忙整队,吩咐士兵带好东西,开始向纳尼—埃普诺尔进发。

　　纳尼—埃普诺尔离米尔豪森很近, 很快的, 戈林带领士兵就到了纳尼—埃普诺尔。与米尔豪森相比,纳尼—埃普诺尔的情况差多了,从地面上的血迹能看出双发交火的激烈程度。戈林的血液在沸腾,仿佛要冲出他的身体,叫嚣着要参加战斗,要用鲜血填平心中的欲壑。

　　当戈林率队到达的时候,纳尼—埃普诺尔正是停火期间,戈林利用这段时间找到了纳尼—埃普诺尔的指挥官, 让他安排自己一方的支援任务。有了戈林的援助,纳尼—埃普诺尔的紧张局势得以缓解,驻守在此地的德军稍显轻松。

　　从守军的口中,戈林得知,就在两天前,纳尼—埃普诺尔遭到了猛烈攻击。没有完全进入战时准备的纳尼—埃普诺尔守军顿时乱了手脚,在守军指挥官的指挥下,这些慌乱的士兵才慢慢镇定下来。但对这场毫无准备的战斗,他们并没抱有太多的期望,只希望战斗结束之后,自己还能够活着就好。战争的残酷已经让这些士兵深有感触,但作为一名军人,他们不能选择后退。严峻的形式迫使指挥官一面想着抵挡敌人的方法,一面向上级请示要求派兵支援。所幸的是,戈林率队及时赶到,解了纳尼—埃普诺尔驻守部队全军覆没的危险。

之后,战役进行得很顺利,德军成功地阻击了法军的进攻,保住了纳尼—埃普诺尔的占有权。戈林决定在没接到命令的时候,在纳尼—埃普诺尔待几天,然后再作安排。可是就在第二天一早,上级的新命令就下来了,命令戈林率队去弗里雷参加战斗。接到命令后,戈林立即动身,并让传令兵传回他的回答:保证完成任务。

戈林带着整装的队伍很快赶到了弗里雷。沿途的尸体散发着令人作呕的血腥味,看着满地的尸体,戈林已经意识到此地战争的惨烈,扑鼻的血腥味令他皱紧了眉头,下意识屏住呼吸进入了城内。城内的情形和城外的差不多,一些守城的德国士兵在忙着收拾残局。戈林找到了城内的长官,对长官说:"报告! 112巴登团营副官赫尔曼·戈林向您报到!"

"欢迎! 欢迎! 你们的到来可帮助我们解决不少问题!"弗里雷的长官对戈林说。

"长官,请问我们现在需要做什么?请长官下达任务!"戈林脚跟一靠大声说。

"先让士兵们去清理城里的外围吧! 抓紧时间巩固防线,因为敌人可能随时会发动下一轮进攻。你先熟悉一下环境,然后再来我这里。"弗里雷的指挥官说。

"是!"戈林虽心有疑虑,但还是很肯定地作出了回答,向长官行礼后就去给自己带来的士兵安排任务了。待一切安排妥当,他又再次回到了弗里雷的长官那里。

希特勒四大爪牙·戈林

当戈林进去的时候，弗里雷的长官正在看一张地图，并在上面做了很多的标识。见到戈林，他询问了一些简单的个人情况，得知戈林曾就读卡尔斯鲁厄的空军士官学校并在希特菲尔德军事学院进修过，对其给予了肯定。虽然这两所学校并不是德国很出名的学府，但就家庭背景和社会因素而言，能够在有关军事方面的学校学习已经是很难得的事情。再者，如果不是对军事抱有热忱，对年轻人来说，他们也是不会选择军事学校的，毕竟在那里学习是需要接受严格的训练的。当然，弗里雷的长官并不是因为对戈林充满好奇，继而才多方地询问。几分钟之后，他拿出了事先自己已经揣摩良久的地图，然后就当前的战争形势，让戈林提出自己的看法。此时，戈林才真正地明白长官的意图，亏得自己在来的时候想了一路。不一会儿，他抬起头对长官说："我认为应该在这里、这里以及这里设置重兵防守，并且安置3~5台机枪。"他边说边用手在地形上标出了地点。

"为什么？"弗里雷的长官看着戈林标出的地点问。

"从敌军进攻的路线上看，这三处地点距离敌军的方向最近，从这三处向我们进攻的话，敌军不用担心战线拉得太长，也不用担心后勤补给跟不上。"戈林解释说。

"嗯！很有道理，见解很独到。看来，对于接下来的战斗我可以放心了。"弗里雷的长官说完便笑了起来。

"长官谬赞了。"戈林也跟着笑了起来。随后，就军事布防一事，两人又进行了长达一小时的详谈。在确定作战计划之后，戈林将兵力陆续地放在事先商定的三个作战位置上，并且配齐了武器，此时，一切都已准备就绪。

敌军果然没有放弃攻打弗里雷，整顿之后，他们又卷土重来，正如戈林预料的那样，进攻的方向恰好在那三个地点。守株待兔的德国军队这次可占到了便宜，因为战前准备充分，等法军进攻的时候正好是瓮中捉鳖，一阵机枪声响起,法军士兵成片地倒下了。秋风卷着落叶打着旋儿飞扬着,似乎在给这些逝去的生命唱着生命的挽歌。

弗里雷有了戈林的援助,战前还有了制敌计划,所以在战斗爆发时取得了很大的胜利。而弗里雷的长官没有将功劳全部地揽在自己的身上,在向上级汇报战绩的时候,他将戈林制定计划的事情也写上了。因此在战斗结束后,戈林收到了嘉奖公报。上面写着:兹赫尔曼·戈林在战斗的表现优秀,特奖二级铁十字勋章。

二级铁十字勋章很快就被送到了戈林手上。戈林看着这勋章,内心十分高兴,这离他的梦想已不再遥远。这枚勋章的获得无疑让戈林的自信心膨胀起来,他看到了自己成为一名将军,胸前佩戴着勋章,检阅着整齐队伍的场景。

虽然在弗里雷的战斗中因表现出色而获得了勋章,但是戈林没有就此一战成名,他还是巴登团里一名普通的营副。这让戈林多少有些不满,他盼望的升迁机会并没有如期而至,但此时自己也毫无办法,只能继续待在巴登团里服役。

希特勒四大爪牙·戈林

就在弗里雷战斗结束后不久,战争驱使着戈林不断向新的征程迈进,此次,他将赶赴被法军占领的米尔豪森地区。在先前的战斗中,戈林也参与了此地的保卫战,但仅仅几天的时间,米尔豪森又陷入了法军的包围中,而这次德军再无能力守卫此地,米尔豪森被攻陷。此次,戈林想要夺回米尔豪森地区,需要投入大批的部队,这就意味着大规模作战是无可避免的,伤亡也是在所难免的。而戈林一直期望着自己能够有机会指挥这样的战役,只有这样,自己才能真正地实现梦寐以求的追求。

戈林并不是一个轻率的人,无论是对战事的分析还是对自己的处境,他都能及时地捕捉到对自己有利的信息点。在战事的分析上,我们已经见识了他的真知灼见，尽管这只是管中窥豹。

接到命令的戈林很是欣喜，为了早点到达米尔豪森，他率领部队连夜赶往此地，并在距离米尔豪森几公里远的地方暂住休息。戈林对米尔豪森现在的情形并不了解，如果贸然前进会带来危险，所以，他想在得到准确消息后再作决定。

为了得到准确的消息，戈林派出了几个小队的士兵，他让这些士兵脱下军装，换上城内百姓常穿的衣服，然后分成几批人马趁着城门打开的时候进入到城内。在城内打探出结果后，再想办法派出一个人送出消息，其余的人则在城内找隐蔽的地方躲起来。

等到外面定下进攻计划后，还是这个出来的士兵进城，将进攻计划告诉隐蔽在城内的人。然后再定好的时间里，城内的士兵和城外的士兵一起发动攻击，两面夹击。如此一来，城内的法军定然慌乱一团，进攻的力量就会薄弱，而德军正好趁此攻陷米尔豪森。

这是戈林的计划，计划实施得很顺利，可以说来回出入城门的德国士兵根本就没有引起法军的怀疑，他们真的认为这些人都是城内的百姓。没有进行认真地检查，戈林的计划已经成功了一半，当戈林率队攻城的时候，法军士兵根本就没有反应过来，等他们想到求援的时候，一切都来不及了。猛烈的攻势让这些法国士兵来不及应对，战事很快便成了定局。德国军队在戈林的带领下，将米尔豪森夺回来了。

毕竟这是一场大的战役，即使戈林制定了周密的计划，德军的损失也是不容忽视的。几千人的伤亡，弹药消耗过万，无一不说明了战争的惨烈。

在夺回米尔豪森之后，戈林根据上面的部署，带领他的士兵回到了他们先前的防守驻地。在戈林离开驻地以后，战争的硝烟并没有就此停歇，但是驻地的样子并没有多大的改变，营房还是老样子，驻地周围一片空旷，至

于自己和士兵们挖的壕堑则留下了战斗的痕迹。在壕堑的上围边上，明显的弹孔遍布，间接地显示出了当时的战斗情况。

看着熟悉的环境，戈林感慨万分，看来自己在没有接到上面通知的时候，还是得在这里驻守，这真是该死的鬼地方。日子一天天的过去了，戈林驻守的防线上再没有发生战斗，就是连一点小的战斗都没有发生，像是平静的水面上没有一点波纹一样。

这样的日子对于驻守的士兵来说，是难得的惬意日子，至少在战争停歇的间隙，他们的生命是安全的。当戈林看到肆意大笑的士兵的时候，心情却异常地烦躁起来，如果自己一直驻守在这里，那么就不会有任何的功绩，这对于自己的人生简直就是一种浪费。此时的他亟待突破眼前的窘境。就在戈林暗自神伤的时候，他接到了通知，上面让他组成一个突击队，进攻米尔豪森。

希特勒四大爪牙·戈林

再夺米尔豪森

　　这让戈林感到不解，但他还是服从了上级的命令，很快就挑选出突击队的队员，然后等候上级的下一个命令。第二个命令很快就到来了，命令是：戈林率领突击队员夺回米尔豪森。

　　原来在戈林感到空闲的时间里，米尔豪森再一次被法军占领。上级让戈林组成突击队就是要将米尔豪森夺回来，之所以让戈林来挑选人员组成这个突击队并且由他带领，是因为上次打下米尔豪森时的出色表现。

　　于是，戈林带着突击队员开始向米尔豪森进发。由于驻防地和米尔豪森很近，戈林很快按计划到达了米尔豪森。德军并没有攻打米尔豪森，只是在外围对其形成了包围圈，这样米尔豪森内的法军在没有外援的情况下必败无疑。但是，法军将米尔豪森的城门紧闭，德军根本就没有突破口可以进入城内。

　　"报告！112巴登团赫尔曼·戈林奉命率领突击队前来报到！"戈林脚跟一靠对长官说。

　　看着英挺的戈林，长官满意地点头，说："很好！戈林，上次是你带着士兵把米尔豪森打下来的。这一次，还是将这个任务交给你，你能不能完成任务？"

　　"保证完成任务，米尔豪森终将属于德国。"戈林大声地说。

"好！我相信你，下去准备吧，定出作战计划后告诉我！"长官说。

"是！"戈林说完就离开了长官的房间，回到了突击队，戈林先是找到了一个熟悉情况的人问了一下具体的情况。这个人告诉戈林，法军是偷袭的，只有一个连的兵力。当时是在夜晚，城内的部分德军士兵没有反应过来就被法军击毙了。为了减少伤亡，德军指挥官命令剩余士兵撤出该城。撤出城内的德军并没有离开，而是在城市外围构成了一个包围圈，伺机夺回米尔豪森；而城内的法军则紧闭城门，使德军没有攻城的机会，但城中的法军也无法同外界取得联系。

大致的情况戈林已经有所了解，看着远处紧闭的米尔豪森城门，戈林想上次里外夹击的计划是不能实施了。这次的情况要比上次难上很多，城门紧闭，士兵们要如何进城呢？夜幕低垂，戈林在凛冽的寒风中已经观察这个城门很长时间了，但仍没有任何头绪。

想了几个方案，戈林都觉得不满意，最后只能采用最困难的办法——强攻。戈林将自己的作战计划写在纸上，然后送到了长官手上。

看着手上戈林写的计划，长官发出了疑问的声音："强攻？难道没有更好一点的办法了吗？"

"没有，很多方案得以实施的前提是米尔豪森的城门打开，但是法军是将城门紧闭。我们能做的一是利用大炮，将城门轰开；二是利用长梯让突击队员爬上城墙。但是这样的话会增加人员的伤亡率，因为法军居高临下，我们的士兵就成为了靶子。"

"嗯！这是个问题。行，你先回去，等候命令！"长官对戈林说。

戈林离开长官的房间，长官就将戈林的作战计划递给随行的参谋人员，让他们来论证这计划是否可行，究竟哪一个会更好。参谋们很快就论证出了结果，认为戈林提出的计划可行，首先利用大炮攻击城门吸引城内法军

希特勒四大爪牙·戈林

的注意力,然后突击队员利用长梯登上城墙,一部分人再用木桩撞击城门。长官同意了这个作战计划。于是,戈林接到命令,他将带领突击队员做攻城的准备。

在接到命令以后,戈林立即让突击队员们行动起来,因为要强攻,所以选择携带的枪支是轻便且子弹充足、不用总换弹夹的。准备好之后,戈林带领突击队员们来到了长官的面前。"报告长官,突击队已经准备完毕,请长官下令。"

"好!你们的成功将为我们德意志帝国增添光彩,德意志人民会记住你们的,出发!"长官说。

听见出发的命令,戈林开始带领队员们向米尔豪森的城门奔去。与此同时,炮兵也开始向米尔豪森发射炮弹,呼啸的炮弹划过天空,有的落在了城门口,有的打在城墙上,但是坚固的城门依然紧闭,而城墙只是被炸掉了几块砖。

借着炮弹爆炸产生的大量烟雾,戈林和突击队员们扛着长梯冲到了城墙的下面,立起长梯,开始攀爬。法军士兵很快发现了德军的意图,开始倚着城墙向梯子上的德国士兵射击,不时地有士兵被击中,从梯子上掉下来。戈林的口中连连咒骂,也担心自己被击中,那可就一切都完了。

戈林真的很幸运,法军由于人手不足,城墙上防守的法军不够密集。戈林和突击队员们乘机迅速地爬上城墙,开始攻击墙上的法军,法军的防御很快被突破。此时,射击已经是不可能的了,因为距离真是太近了,于是白刃战开始了。

雪亮的刺刀刺进敌人的胸膛,拔出刺刀时,一片血雾喷出。不管是德国的突击队员还是法军的士兵,都已经杀红了眼,鲜活的生命在这一刻已经如同草芥,不断地有人倒下。血在城墙的地面上流淌着,慢慢地汇成了一条河。

城墙上的法军人数有限,又没有援军,在德国突击队员迅猛的攻击下,很快出现颓势,胜利开始向德军方面倾斜。

经过苦战,戈林率领的突击队终于占领城墙。然后命令一部分人守在城墙上,一部分人去打开城门让外面的德军进来,剩下的人跟随在戈林后面去城里搜索躲藏起来的法军士兵。

很快地,米尔豪森城里的一切都清理完毕,德军再一次地占领了米尔豪森。战斗结束后,戈林得意地接受了长官的赞扬,他感觉自己离当将军更近了一步。

已经过去一个多月了,戈林看着自己的笔记,战争已经爆发 5 周了,他开始期盼以后的日子,希望自己能获得晋升的机会。但是就在这一天,早上起床后,正要进行日常巡视的戈林突然感觉自己的腿部关节剧烈疼痛,他站不稳了,跌倒在地上。士兵们连忙扶起他,将他送进了医护室。

经过医生的检查,发现戈林患上了严重的关节炎,他已经不能在战场上,必须下来疗养。也许对军人来说,一个刚上战场的军人因其他原因退下来是一种难堪的耻辱。但对戈林来说,他只是感到沮丧,因为他想到的是他的将军生涯会因此断送。战场上的医护室不能提供戈林疗养,因此在 9 月份的时候,戈林被送到了后方,此时的戈林还不知道,这次的疗养改变了他的人生轨迹,使他接触到了梦想。

希特勒四大爪牙·戈林

在弗赖堡疗养院结识勒歇泽

在古色古香的德国小城弗赖堡,当地的人常说一句话:全世界有一半的人想住在弗赖堡,而另一半的人是已经住在这里的人,显然后者要幸运得多。

弗赖堡是一座别致而优美的小城,其特有的景观是明斯特大教堂,它被称为"天主教会里最美丽的塔楼"。弗赖堡一直保留着早期的城市结构,多以老式建筑为主,所有的人行道几乎都采用色彩斑斓的鹅卵石铺成,并且上面印着非常实用和有趣的图案。比如在面包圈图案后面,我们能发现面包店,顺着剪刀图案的方向,我们就不难找到裁缝店,这正是这座小城在设计上的人性化所在。

在这里,人们过着宁静安详的生活,走在街道上,闲散的人们三五成群地在一起聊天,孩子们在街角玩着新奇的游戏,不时朝路过的行人扮张鬼脸,大人们嘴上说着责怪的话,脸上却露出了微笑。慢悠悠的有轨电车从人们的身边经过,浑厚而悠扬的钟声从教堂塔顶飘散出来,阳台上摆放的鲜花装点了这座小镇。

不可否认,这是一个悠然自得的城市,非常适合度假、休闲和疗养。

因为腿部的关节炎,戈林被送到弗赖堡的一处疗养院,得以在这座别致而优美的小城作短暂的逗留。他一面安心养伤,一面陶醉在弗赖堡特有

的旖旎风光中。

随着时光一天天流逝，戈林已经在疗养院住了一段时间。在此期间，他结识了在他整个人生中起着举足轻重作用的布鲁诺·勒歇泽。布鲁诺是一名德国空军中尉，在一次飞行训练中受伤，遂来到了弗赖堡休养。这位中尉十分健谈，在疗养期间，他跟临床的戈林讲述了自己的从军生涯，作战时的英勇表现以及在飞行训练时的感受，但他并不热衷于战争，只希望能经常和家人在一起。

"空闲时，我常常到阿布塞姆观看飞机验收飞行，一直都对飞行非常感兴趣。"戈林微笑着对勒歇泽说，"世界大战已经爆发，目前除了已经投入战争的部分城市，其他地点也都在加紧备战，而飞机作为一种新式兵器已经出现在德国的军队中，让很多人无限神往，我无数次梦想过自己驾驶着飞机翱翔在美丽的蓝天。"

"你的梦想太过于理想化，年轻人，你要明白，战争是残酷的，它与诗情画意这一类玩意儿无关。"勒歇泽脸上也带着同样的微笑对戈林说道。

"当然，"戈林望着勒歇泽，灼灼的眼神里流露出自信的笑意，"我相信在未来的战争中，空战将逐渐显露出它不可替代的作用，我们可以在敌人毫无准备的情况下，突然出现在他们的头顶，给他们以出其不意的打击。"

希特勒四大爪牙·戈林

"好极了！"说到这里，勒歇泽终于眼神一亮，对眼前这名年轻人的印象有了彻底的改观，"你所说的这一点正是空战的最大优势，虽然在陆地上和海上我们同样可以偷袭，但只有在空中，这种袭击的方式才能发挥得淋漓尽致。"

通过一段时间的交往，戈林和勒歇泽成了很好的朋友，勒歇泽也越发感觉到戈林在军事方面拥有天分，他对空战的独到见解以及对作战的分析等，这些都让勒歇泽感到惊讶。

　　待戈林的关节炎痊愈出院后,勒歇泽迫不及待地向德国空军部推荐了戈林。

　　英雄应该到能够施展他们才能的地方去。在勒歇泽看来,让戈林加入空军,这件事与即将要发生的这场战争一样,都是亟待解决的事情。

　　美国传记文学家索尔兹伯里说,一等男人上战场,他们玩的是生命游戏。战斗锻炼了人们的意志,培养了人们的才干。

第三章

年轻的王牌

实现做飞行员的梦想

1914年,这一年对戈林而言注定是不同凡响的一年。通过勒歇泽的引荐,他得以在达姆施特接受飞行训练,而这里的一切都让他大开眼界,也成为他整个人生的一个重要转折点。正是在这里,戈林第一次接触了侦察机。这是一个年代最悠久的机种,可以说在飞机诞生之初就有它的存在,在敌我双方作战中,它所起到的作用也是无比的。通过侦察机观测后所获得的情报,经过作战部的研究之后,应用到以后的作战中,其战争的结果也是可以预测的。作为"一战"时期的一种新式侦查工具,戈林对侦察机非常感兴趣。

飞行训练是一个漫长而艰苦的过程,并不像看起来那么轻松,但戈林却从中感受到极大的乐趣。起初是有些枯燥乏味的理论课程,很多人都听得不耐烦,但戈林却觉得这至关重要,任何的放松和懈怠都是在拿自己的生命开玩笑。他可不想由于自己的一时失误,让飞机从天上一头栽下来。

待理论课程结束之后,他终于穿上了期待已久的空军制服,踌躇满志地坐在机舱中,他的心情有些忐忑,又有些亟不可待。像他之前所表述的,他曾经无数次梦想过驾驶着飞机翱翔在美丽的蓝天,如今这一刻就要来临。他坐在驾驶舱里,心情非常激动。一切准备就绪,戈林驾驶的飞机在航道上滑行了一段之后,终于平稳地起飞,飞机如一只白色的大鸟飞到半空,

希特勒四大爪牙·戈林

犹如此刻戈林放飞的心情一样,他终于感受到翱翔于蓝天的乐趣。他对飞机的操控并不像一个初次接触飞机的人,精湛熟练的操作让了战友们艳羡不已,引来了一阵欢呼。

然而,坐在机舱中的戈林已经看不到地面上挥舞着双臂的战友们,他们在他的视野中微渺如蝼蚁,他只看到远处茫茫的云天。

原来,天空并不像想象的那样蓝,云朵也不像在地面上看上去那样厚重而充满质感,一切不过是稀薄无依的存在,这才是生活的本来面目。飞机穿越了一片又一片云海,戈林想起勒歇泽之前对他说过的话:"战争是残酷的,它与诗情画意这一类玩意儿无关。"此时,戈林原本波澜起伏的内心逐渐归于平静。

将来,谁知道这世界会怎样呢?他最初的梦想是成为一名将军,接受众人崇拜的目光,他可从来没有想过,自己会成为助纣为虐的帝国元帅,更没有想过,自己将在人类的历史上留下怎样罪恶的痕迹。

应该说戈林在飞机上的驾驶技术是那个时代一流的。一流的驾驶技术为他赢来了人生的顶峰,这些当然都是后话了。

戈林的第一次试飞非常成功,在掌握了基本的驾驶技术之后,他很快又投入到了改装训练和战斗技术训练当中。并参加各种战术的合练与演习,除了学习一些有关飞行的理论知识和实战技巧以外,戈林每天还要进行高强度的体能训练,包括最基本的单杠双杠、跑步和引体向上等。

每天天刚亮,他便起床和战友们一起来到训练场上集合,随着一声哨响,所有人都准备就绪,开始绕着训练场进行几个小时的长跑。一个原本很简单的动作却要重复几百次,每次体能训练,戈林和战友们都像扒了一层皮一样。

应该说,这是一种完全超出了人的生理承受极限的训练方式,只有那些意志力坚强的人才能够支撑下去。但不管训练怎样艰苦,那些动作怎样单调重复,戈林都努力地坚持下来,并且专心做到最好。

除了体能训练,戈林还要进行一系列之前他闻所未闻的各种其他训练。像抗眩晕训练,它要求队员坐在一把特制的可以旋转的椅子上,在施加外力的情况下,椅子会向同一方向不停地旋转,越转越快,在这种不断加速的大力旋转之下,很容易出现眩晕呕吐甚至昏迷的症状。虽然戈林的体质使他在这项训练中出现的不良反应较轻,但在最初接触这项训练时,滋味儿也并不好受,他至今记得每次训练完这个项目,他都感觉自己的五脏六腑似乎被翻江倒海地搅动了一番。随着训练次数的逐渐增多,这种状况才逐渐好转以至于完全消失。当然,还有许多针对性很强的训练也包含在训练当中。

此外,为了能够使自己更好地适应激烈的战争和灵活地在战场上作战,完善和提高自己的业务水准。戈林还在摩斯电码和无线电上面下了大量的功夫,因为作为一名侦查员,这些能力都是必须要掌握的。摩斯电码是特别的电码,很不好掌握,时通时断,用不同的英文字母来表现其内容。

为了避免敌人发现,无线电在"一战"中使用极其普遍。这种方法和摩斯密码共同应用于航海科技等领域。到了"一战"时期,随着科学技术的提高,无线电被更广泛地应用,包括无线电广播等。

戈林的出色表现得到了战友和军官们的一致好评。然而他并不对此感到骄傲和自满,对他而言,这似乎是一件水到渠成的事情,它本该如此。就像有些人注定平庸,而有些人的存在,注定要使历史为之改写。戈林觉得只有驾驶着飞机翱翔在广阔的蓝天,这一刻,他才找到真正的自我。

他迷恋这种自由不受拘束的感觉,迷恋这种高高在上、高不可攀的感觉。很多年之后,当他追随希特勒横扫世界时,他才明白,"飞机"、"蓝天"

希特勒四大爪牙·戈林

……这些令他无限神往而又心醉神迷的词汇，不过是一种过于理想化的意象，一种符号。而他的真实意图掩盖在这些意象和符号之下，那是对权势的渴望。当他驾驶着飞机驰骋在广袤无垠的蓝天，此时，山河大地尽在俯瞰中，仿佛他可以主宰全人类的命运。

不管怎样，赫尔曼·威廉·戈林这个名字在训练营中逐渐变得广为人知。戈林和勒歇泽也成了最密切的搭档，在战友们眼中，他们是一对儿最经典的组合，不仅在一场又一场的演习中表现得非常出色，并且联手完成了很多项难度较大的侦查任务。

对于空军飞行员来说，要想单独执行飞行任务，至少要拥有两年的实战训练。但戈林完成这一切，成为一名合格的飞行员，只用了一年的时间。

这一时期的戈林心高气盛，胸中怀着强烈的建功立业的梦想，他迫切地想要在战场上施展自己的抱负和才华。他也一直记得自己曾经对姐姐们说过的话："你们放心，我一定会给我们的姓氏争光的。"

这一时期的飞行训练，戈林受益匪浅，随着自身的不断完善，以及在飞行方面的出色表现，戈林吸引了很多人的眼球。一些达官贵族也争相和他交朋友，这使得戈林获得了出人头地的机会。戈林喜欢和一些达官贵人合影留念，以显示自己的身份。在这些合影中，还有霍亨索伦王子和他在武齐那机场的合影。照片中的他尽显贵族风采，打扮得也很入时，华丽的衣着，精致的装饰，鬓角抹得一丝不乱，这已是他一贯的作风。作为一个拥有铁十字勋章的飞行员，在得到人们尊重的同时，也为他树立了高大的形象。每次在上流社会举办的晚宴中，他都成为了名媛竞相邀请的对象，而他也从来不吝啬在众人面前表现的机会，拥着名媛贵妇们在舞池的衣香鬓影中缱绻流连，对他而言这已不足为奇。戈林不仅才华胆识过人，而且相貌堂堂，对衣饰和香水品味不俗，这是一种天性。在他后来成为纳粹德国的帝国元帅时,这些爱好和生活细节也丝毫没有改变,并且越发地变本加厉,几乎整个德国人都知道,他们的元帅喜欢奢侈糜烂的生活,喜欢豪宅,喜欢把玩名贵珠宝,并且挥霍无度。

总之,在当时,无论在军界还是在上层社会之间,戈林都逐渐成为了一个颇有影响力的人物。戈林本人也越发踌躇满志,自信满满,感觉前途一片大好。尤其是第一次世界大战已经爆发,和很多爱好和平的人正相反,有些人似乎天生就是为战争而生。

希特勒四大爪牙·戈林

荣获一级铁十字勋章

　　战场的形势瞬息万变,随着时间的推移,戈林和勒歇泽接到了上级的命令,对法国进行空中侦察。两人准备好后便出发了,整个航程中,戈林都显得异常兴奋,并且精力十分充沛;而勒歇泽则很冷静,他抱臂坐在戈林旁边,微微眯起眼睛觑着地面上一闪而逝的群山、河流以及建筑群。

　　"嘿,伙计,你在想什么呢?"戈林望了一眼身旁长时间没有开口的勒歇泽,兴奋地叫道,高空飞行时,戈林的情绪总是很高涨。

　　"我在想这场战争……"勒歇泽心不在焉地说。

　　"战争是一件让人兴奋的事情,它就像白兰地一样,让人头脑发热。要知道我在陆军的时候,在参加战斗的时候,常常是热血沸腾的。"戈林说,他那神采奕奕的眼睛没有望着勒歇泽,而是望着远处的蓝天白云。

　　勒歇泽也没有答话,他们已经成了很好的朋友,常常会有种心照不宣的默契。勒歇泽对戈林已经很了解,他欣赏他随机应变的军事头脑,他的胆识和才华让他自叹不如,同时他也看出戈林毫不掩饰的日益彰显的野心和对权势的渴望。

　　在勒歇泽看来,这正是戈林性格中的危险之处。

　　战争是人类的灾难,但对戈林而言却成为人生中的一种机遇。他对饱受战争蹂躏的人们缺少一种悲悯的情怀,数以万计的人们的流血和牺牲,在他眼里不值一提。一切不过是为了成就他的野心,满足他的权力欲望。

这样一个人,他虽然有过人的胆识和军事谋略,但注定不会成为一个战略家。他虽然能够指挥千军万马、驰骋沙场、所向披靡,却不会成为旷世英杰。

飞机载着思绪万千的勒歇泽,载着一脸兴奋的戈林,在茫茫高空飞行了没多久,慢慢降低了高度,地面上的景致也渐渐清晰起来。飞机飞抵了法国装甲炮群的上空,戈林收敛了脸上的笑容,神情变得凝重起来,勒歇泽也从漫无边际的思绪中回过神儿来。

戈林坐在飞机里把地面上的情况一览无余,他把这里一些实际情况全都用相机拍照下来。

这些照片对于这场战争的双方具有不可估量的价值,因此,戈林在做这一切的时候,他的心情十分激动。

"该死的法国人!"戈林一边拍照,一边咒骂了一句。也难怪他恼火,法军的战壕实在有些复杂,七拐八拐就像迷宫一样。战壕中有许多特殊的装置,除了常用的沙袋、木架和铁丝网之外,还有一些战壕呈锯齿形。它的优势在于,当敌人从侧方进攻时,不会使堑壕里的士兵完全暴露在敌军火力面前,如果有弹片落在战壕里,它的杀伤力也会减弱,因为它飞不了多远就会被挡住。

"看到胸墙上那些射孔了吗?"勒歇泽忽然说道,戈林从他说话的语气上判断他很有可能要发表一番高见,这实在很难得,戈林忙洗耳恭听起来。

"这些射孔布置得简单而巧妙,它们甚至可以简单到仅仅是沙袋中的一个缺口,却可以使士兵在不暴露头部的情况下向敌人射击。"勒歇泽说着,神情里不无忧虑。而戈林却似乎并没有将这种情况放在眼里,渐渐地,他的脸上有了几分狡黠而不怀好意的笑。

希特勒四大爪牙·戈林

"别担心，伙计，这难不倒我们，用我们的空军对付敌人的陆军，胜算还是很大的。"戈林说。

听了戈林的话，勒歇泽感觉脑际灵光乍现，不得不承认，这是一个伟大的设想，自己怎么没有想到呢？

"要实现这一点并不困难，只是目前我们缺少一支训练有素并且战斗力一流的空军队伍。在战斗中，制空权是取得胜利的关键，培养一支我们自己的队伍，势在必行。"

戈林的语气里充满了自信，眼神里更是流露出一片无限神往的光彩。他一边不慌不忙地拍照片，一边想到：依照目前的形势，组建一支强大的空军是非常必要和迫切的，关键时刻可以协同地面部队进行闪击战，那无疑会大大缩短战斗的时间，并减少己方的伤亡。到时别说是眼前这迷宫般的战壕，就是再复杂的战壕又何足惧？

说到战壕，在"一战"期间曾经发生过这样一个动人的故事。1914 年的圣诞节，正值英、德两军对垒之际，在前线的战壕里，这些一直互为仇敌的将士们竟然在圣诞节这天一起唱颂歌、互相问候，共同度过了圣诞节之夜。这是一个动人的奇迹。

当圣诞节来临的时候，为了鼓舞英军前线作战士兵的士气，士兵们也开始庆祝圣诞节。官兵的家属和朋友们知道这件事后，开始热情地忙碌起来，准备了信件、圣诞卡、食物、香烟、药品，他们甚至还制作了璀璨缤纷的小圣诞树。

由于圣诞节的来临，德国部队也为这一节日举行了一些庆祝活动。暗夜中，堑壕被数百盏烛光映照得红光一片，对面的英军官兵也看到了这里的光亮，他们看到了德国人也在欢天喜地地庆祝圣诞节。正当英军惊诧莫名之际，一名德国士兵大声叫道："英国人圣诞节快乐！"英国人的情绪立即受到感染,阵地上圣诞节的欢歌此起彼伏。

唱完圣诞歌之后,德军士兵在堑壕中向他们的敌人发出邀请:"哈里,你过来看看我们!"

很快就得到了对面名叫哈里的士兵的回答:"你到我们这里来吧!"

话音方落,双方一起友好地哄笑起来,并纷纷表示,只要你们不开火,我们就不会开火。气氛变得越来越融洽,人们纷纷爬出了堑壕,同昔日的敌人聚在一起,像相识了很多年的老朋友一样,热情地握手拥抱,祝贺对方圣诞快乐。

这是一个美妙而感人的奇迹,在战争中,两个敌对国家的官兵竟然在堑壕里一起庆祝圣诞节。

战争是残酷无情的,他不会因前线官兵的友好而结束。发生在元旦这天的这件事不过是一个小插曲,很快他们将在战场上再次兵戎相见,他们将奋勇厮杀,不会给对方留一点儿余地。但发生在圣诞节之夜的这一切表明,无论多么残酷血腥的战争,也不可能将人们的良知和爱心完全泯灭,人类将始终追寻和平与幸福。

但是从一个战争狂人的角度,戈林更希望这种厮杀的局面永无休止,那样,他便永远有用武之地。战争使他的思维时刻处于高度警醒和兴奋的状态,就这一点,没有其他任何事物可以替代。

拍完了战壕的照片,他们又找到敌人的机库——机场里供航空器进驻做维修用的具有屋盖的大型建筑物。它的重要性同样不容忽视,接下来是那些坑道雷爆炸后留下的巨大弹坑,戈林也很仔细地对其进行了拍摄,从军事角度,它们都有不可估量的价值。

忙活了一阵儿之后,他们终于在法国人眼皮底下神不知鬼不觉地成功完成了这一切。戈林长舒一口气,将相机小心地放回包裹,两人对这次行程

希特勒四大爪牙·戈林

的成果都非常满意,脸上带着轻松而舒心的笑容,按原路飞回了德国。

回到德国后,戈林把侦查报告连同拍到的照片一起送到了旅、军指挥部。这次侦查的结果非常重要,为德军之后的进攻提供了重要的帮助。为此,德皇在3月份末尾的时候亲自召见了他们,并为戈林颁发了一级铁十字勋章。

一级铁十字勋章专门颁发给在战争中作战英勇的官兵。要求当事人必须是冒着生命危险,或者有杰出的战斗表现,在整个"二战"中大约有30万枚一级铁十字勋章被颁发。这是一种非常重要的勋章,因为只有在有了一级铁十字勋章后,士兵才有资格获颁其他重要的勋章。

几经历练成为王牌飞行员

对于戈林而言,这只是他连创佳绩的开端,接下来他更做出了一件大胆得近乎妄为的事情。1914 年的 6 月份,德军指挥部遭到了敌机的轰炸,因为事情发生得太过突然,一时间地面火力全无抵御能力,情况非常紧急。就在这紧要关头,戈林和勒歇泽驾驶着阿尔巴特罗侦察机紧急上前接战。对手驾驶的轰炸机已经完成了投弹任务开始返回,但却被这架侦察机贴身缠上,无法摆脱。

利用机智灵活、干脆利落的飞行技巧和大胆的模拟撞机行动,戈林和勒歇泽在敌机面前来回翻飞,逼迫着架执行偷袭任务的法国轰炸机不得不降落在了德军的阵地上,这一举动使这两个胆大包天的小伙子名声大噪。尤其值得一提的是,当时两人驾驶的阿尔巴特罗侦察机是没有任何武器装备的,能够完成迫降敌机,完全是凭借超凡的作战意志与胆量实现的。

这次的成功使戈林名声大噪,加上在当时飞行员在社会各阶层心目中拥有极高的地位,因此被许多人所崇拜,甚至一度为成了皇家社交圈中的活跃人物。这让戈林出尽了风头,更何况作为一名仪表堂堂又颇有胆略的年轻军人,戈林无论走到哪里都非常引人注目。然而,过分的恭维和过早品尝到荣耀味道却也为他之后走上骄横跋扈、独断专横的歧途埋下了种子。在后来的日子里,戈林逐渐成为德国空军中较负盛名的侦察机飞行员之

希特勒四大爪牙·戈林

一,作为德国军界的一颗新星,戈林开始展露头角。

直到此时,作为一名飞行员,戈林还没能亲手击落一架敌机。这是真正让他感到恼火的事情。为此,他一直在寻觅良机,终于在塔干尔的空战中,他成功击落了一架法尔芒飞机,这也成为了他有生以来空战的第一个战果。

自此之后,戈林再接再厉,在另外一次战斗中,他独自驾驶着一架大型战斗机与3架法国大型飞机展开激烈拼杀。对方虽然数量众多,但是火力配置一般,加上较为粗笨的机身,在有限的空域里要防止误伤,反而不如身单势孤的德国飞机来得灵活。这次他仍然成功地击落了一架敌机,并从另外两架敌机的绞杀中安然撤走。

1916年,戈林被调往新防区的同时,得到一架新的哈尔贝施塔特战斗机。同年7月份,他执行过多次战斗任务,戈林似乎是天生为战争而生,每次接到新的任务,他都情绪高昂、自信满满,并且创下辉煌的业绩。在科特莱尔上空与敌机交战时,他打死了一架敌机的观测员,使对方的敌机钻入云层之后再也没有出来。

一系列出色的表现,使他很快成为了上级重视的对象之一,并对他作出了一系列的调动,最后被调到第七战斗机中队。但爱出风头又好大喜功的戈林,一向喜欢刺激和冒险,于是他要求调到第五战斗机中队去,很快他的愿望便如愿以偿,他和勒歇泽一起被调到了第五战斗机中队,为轰炸机护航。

没有人能够永远走运,作为一名战斗机飞行员,戈林战无不胜的神话很快被打破了。在1916年底的一场激战中,戈林驾机与敌机交战,不幸被对方的护航战斗机击中,臀部挨了一颗机关枪子弹,戈林强忍疼痛,千方百计地将被伤残的飞机开回到了自己的防区,平稳地降落在一片墓地里。

墓地周围一片荒芜的杂草，戈林将自己的飞机降落在这片杂草上，鲜血自身下流出来，戈林感觉自己的裤子已经被黏稠的鲜血粘在了身上，他甚至闻得到淡淡的血腥味儿。他费力地抬起眼皮，望了望不远处灰黄色的天空，空中到处弥漫着硝烟和灰尘。他感觉自己一向精力充沛的身体，此刻竟软绵绵地疲乏无力，头部也昏昏沉沉。

究竟飞行了多久……

他一直觉得自己是属于天空的。

戈林在心中喃喃地念道，同时意识也逐渐陷入模糊，终于身体无力地向椅背上仰靠过去，在彻底闭上眼睛陷入昏迷的前一刻，他看见战友们影影绰绰的身影，他们惊慌地向这边奔过来。

醒来时，戈林发现身边围满了人，有自己的战友、长官，还有好朋友勒歇泽，人们望着他的眼神里有一种忧虑和欣喜交织的神色，望着关心自己的人们，戈林一向坚硬的内心竟涌起丝丝感动。戈林养伤的这家医院是瓦朗谢那的一家医院，此后，为了让他身体能够恢复得更快更好，他又被相继转到了波鸿和慕尼黑的医院。

残酷的病魔夺去了多少人的生命，又有多少人在疼痛当中度过不安的时光。戈林是幸运的。

伤愈归队后，戈林被分配到第二十六中队，更让他感到欣喜的是，第二十六中队的中队长就是他的好友勒歇泽。

截止到第一次世界大战结束前，戈林已经成为德国空军中最富盛名的王牌飞行员之一。他智谋和胆识过人，充满冒险精神，常常孤军奋战，几乎每次都能奇迹般地绝地逢生。

1917 年的春天，戈林单机同英军的 4 架战斗机周旋，戈林不仅没有落败，反而奇迹般地击落了一家敌机。当时，他坐在机座里，面带微笑地欣赏

希特勒四大爪牙·戈林

着眼前的一幕,看着那架英军战斗机冒着黑烟在眼前坠了下去。但是好景不长的是,戈林的行动激怒了英国人。此后没多久,6架闻讯赶来的英军战斗机围绕着戈林的飞机进行围追堵截,在空中引发了一场混战。

虽然是以寡敌众,但是在这样的情况下,戈林依然镇定和自信地与英军周旋,抓住每个时机向敌人猛烈开火。他几乎是凭借本能反应去操作,所有的思想都只向着两个方向用去,躲闪和还击在间不容发的时间里交替进行着。他在此次战斗中一共发射出将近400发子弹,并奇迹般地将一架英军战斗机击落,而后自己还活着撤离了战场。这简直有些让人难以置信,这是一个由戈林创造的神话。在很长一段时间之内,这件事都在德国军界为人津津乐道。

然而,真正让戈林对自己的技术感到洋洋自得的是在不久之后发生的一件事。这一次依然是英、德两军的交锋,戈林在成功击落一架英军尼尔波尔战斗机并与另一架英机厮杀时,突然一不留神,戈林所驾驶的飞机的方向舵被一架英机打掉了,飞机在空中不断来回扭动,飞行路线也变得曲曲折折。

在当时,几乎所有人都以为这下戈林必败无疑了,在戈林面前受辱多次的英军也以为终于可以扬眉吐气了。但就在他们幸灾乐祸地等待看戈林的笑话时,戈林却始终镇定地操控着伤残的飞机,没有让它从空中栽下来,英国人期待已久的这一幕并没有发生,戈林最后驾驶着伤残的飞机成功飞回了防区。事后,戈林得意洋洋地对身边人说:"没有方向舵,我照样能飞得很好。"

因为一连串儿的出色表现,1917年,戈林被调入第二十七中队担任指挥官。空中的争夺战日常的激烈,戈林凭借出色的飞行技术成为了德国空军的王牌飞行员,不过戈林却不是德国空中最出色、名气最大的。同一时期,曼弗雷德·冯·里希特霍芬在空战中的战绩是最大的,被他击落的飞机有几十架。而戈林在那个时期,击落的飞机才十几架。为了表彰里希特霍芬在空战中的战绩,德国空军特地以他的名字命名了一支中队。戈林也知道这件事情,他的心里涌现的是羡慕和嫉妒。

时光匆匆而过,在岁月的脚步中没有留下任何的痕迹,很快地,1917年就过去了,1918年到来了。刚进入1918年,戈林就患了喉炎,为此他住进了医院。可就在他住院的这段时间里,德国空军体制改革,将战斗机小分队合并成了联合中队,第一联合中队和第二来联合中队的队长是里希特霍芬和勒歇泽。当戈林知道最后的这个消息时,一切都成为了定局,他的心中非常不满。

可是,里希特霍芬刚刚上任两个月就在一次空战中丧命了,戈林想:这次也许是自己的机会,自己有可能接任里希特霍芬的职位。但是结果却出乎意料,一心想担任里希特霍芬中队指挥官的戈林没能如愿以偿,接班人不是他。

戈林是妒火中烧,他就是想不明白,自己也是王牌飞行员,怎么就不能成为中队的指挥官。但是紧接着,戈林的妒火算是平息了些,因为德皇给有功将士颁发功勋勋章时有他一个,

不过,让戈林高兴的是这个接班人在两个月后的空战中也丧命了。中队副官卡尔·博登沙茨中尉,将戈林朝思暮想的里希特霍芬飞行中队的指挥权交给了他。春风得意马蹄急,戈林正是在这个时期,摩拳擦掌,准备大干一场。

这时第一次世界大战已经接近尾声,德国已显露出战败的端倪。但他们却不甘心就此失败,为了挽回败局,德军加强了在两线的争夺,战争日趋激烈,但德国终究没能摆脱失败的命运。

希特勒四大爪牙·戈林

德国军队战场上连连失利,到了深秋时节,德国统帅部的代表接受了战败的《停战协定》。这就是一桶冷水浇在戈林的头上,从头到脚来个透心凉,他感觉自己的一生算是完了,戎马前程是彻底地结束了,自己永远不能带着勋章去检阅队伍了。

按照《停战协定》中的规定,德国要交出 5000 架飞机,戈林实在不能忍受自己心爱的飞机交出,于是他找了志同道合的人,将飞机开往达姆施塔德,在那里将飞机藏起来。在最后的飞行员的酒会上,戈林对哭泣的飞行员们说:"我们的飞机时代一定会到来的。"

第四章

"一战"后的戈林

丹麦试飞员

第一次世界大战结束了,在柏林和慕尼黑接连受挫之后,聪明的戈林很快意识到目前的德国并不适合自己发展,留下来也不会有什么出路,仔细规划了一番之后,他很快打定主意,要去北欧发展。

因为曾经是里希特霍芬飞行中队的一名,这样的经历让戈林有了资本。丹麦的福克飞机公司邀请戈林做一名试飞员,戈林愉快地答应了,但他的前提是公司要同意将他驾驶试飞的飞机赠给他作为酬劳。这样的条件在福克飞机公司看来,虽然有点儿苛刻,但一时之间,他们难以找到更好的飞行员,没有其他办法,只得同意了戈林的要求。这份工作使戈林拥有了第一架属于自己的飞机。

1919 年春天,丹麦政府要筹建空军,鉴于戈林当时在飞行方面的名气和影响力,丹麦政府的相关人员找到戈林,请他推荐最好的机型,戈林欣然答应了下来,觉得自己大显身手的机会终于来了。戈林大肆炫耀了一番之后,又另外请来了 4 名飞行员,这 4 名飞行员以前都在他手下工作,他们的飞行技术都很精湛。

在飞行表演的当天,不只是政府官员和空军,还有很多当地的市民赶来观看,场面非常壮观,这使得戈林更加兴奋,他和其余 4 名飞行员驾机飞到半空,不断变幻着各种队形,时而一字排开,时而围成一个圆圈,转眼又

希特勒四大爪牙·戈林

排成两列,地上黑压压的人群仰头观望,看得目瞪口呆,然而这对于戈林他们而言不过是雕虫小技。接下来,他开始使出浑身解数,驾驶着那辆让他游刃有余的飞机,猛然从高空向地面俯冲下来,众人不由得瞪大了眼睛,有些人甚至认为飞机出了什么故障,就要从半空一头栽下来,不由得心都提到了嗓子眼儿。吊足了众人的胃口之后,戈林驾驶着飞机开始左右盘旋,做足了水平运动之后,抬起机头,猛然飞起,飞回了高空,这时人们才明白,刚才不过是一场特技表演。在人们惊魂甫定之际,戈林驾驶着飞机开始逆向飞行,飞了一段儿之后,又做了一个横滚,之后又做了一连串高难度的惊险动作,最后恢复了平飞。

戈林的飞行表演让丹麦人大开眼界,这一次的表演,也使戈林在丹麦赢得了更高的声誉。

此后,戈林又在欧登塞做了两天的特技表演,赚到了2500克朗。可以这样说,飞行使戈林名利双收,比起那些终日劳碌却拿着很低薪水的小职员及其他行业的人们,戈林对自己的生活状况非常满意。尽管在这一时期他没有什么目标,过着轻松闲散的生活,却可以轻轻松松赚到大笔的钱,来供自己挥霍。人们常说:"饱暖思淫欲,饥寒起盗心。"在这样的情况下,戈林浪荡公子的本性便逐渐显露了出来。

在完成最后一次欧登塞试飞的当天夜里,戈林与许多当地的官员和同事们聚在一起,大摆酒宴,庆祝这次的试飞成功。觥筹交错间,无数的溢美之词,令戈林越发春风得意。酒不醉人人自醉,戈林脸上带着一种迷醉的神情,频频举杯,很快便喝得酩酊大醉。

酒宴结束后,戈林摇摇晃晃地摸索到饭店内自己的房间,他感觉自己双腿向踩在棉花上一样,有一种飘飘欲仙的感觉,仿佛就要飞起来。当然,这不仅是酒精的作用,还有那些酒宴上夸大其辞的奉承。这一切使戈林的心情好极了,他感觉生活前所未有的美好,甚至因喝醉了酒而引发的轻微头痛都不那么令人焦躁了。戈林吊儿郎当地靠在房间的墙壁上,此时,他的头脑里还有一丝清醒,他知道自己一旦躺到床上去,很快就会进入沉酣。如此美妙的时刻,他觉得自己应该做点儿什么,想到这里,他又摇摇晃晃地鳖出了门,站在走廊里,一阵风穿过打开的窗子吹了过来,不仅没有使他清醒,反而使他的情绪更加亢奋了。一低头,他看见摆放在各个房间门口的鞋子,他很快知道自己要干什么了,戈林四下望了一眼,确定走廊里暂时没人后,他恶作剧般地将各个房间门口的鞋子倒换了位置,在做这件事情的过程中,他头脑中兴奋的情绪简直上升到了顶点。做完这一切后,他心满意足地回到了自己的房间,并时刻留意着外面的动静。很快,他便听到了房间外面期待已久而又意料之中的骚动,戈林轻轻将门打开一条缝,向门外看去,看见走廊里很多房客或者光着脚,或者穿着拖鞋,都在焦急地寻找着,他们四下搜寻的身影让戈林忍俊不禁,又看了一会儿,戈林终于忍不住“砰”的一声关上门,靠在墙壁上哈哈大笑起来。

一直折腾到半夜,戈林依然丝毫没有睡意,他走出了自己的房间,来到前台时,饭店里几个夜班的女服务员正好聚在一起聊天,戈林立即加入了她们的行列,戈林不俗的样貌和幽默的谈吐,逗得姑娘们时常大笑不已。

“今晚真是难得的好天气,我们为什么要闷在这里呢?”

聊着聊着,戈林脑海里忽然又滑过一个恶作剧的念头,并向几个姑娘大胆地描述了自己的想法,几个姑娘听了戈林的话一时面面相觑,但下一秒,她们都对戈林的建议不约而同地拍手称快。与其说是她们忘记了自己坚守岗位的职责,不如说戈林天生具有一种让人无法抗拒的号召力,这一点和希特勒如出一辙,他们总是能够轻易地让自己身边聚集大批追随者,并按照自己的意图去做一些事情。

希特勒四大爪牙·戈林

就这样,在欧登塞的大街上很快出现了这样的一幕:戈林奋力地推着一辆手推车,手推车上坐着几个大声说笑的姑娘。夜凉如水,夜幕下的欧登塞大街霓虹璀璨,姑娘们一扫平日的淑女做派,坐在手推车上笑得花枝乱颤,引得路人纷纷侧目,戈林的心情也变得前所未有的愉快起来。他一边讲着笑话,一边不时地和姑娘们哈哈大笑,笑着笑着,戈林越发兴起,竟唱起了歌,尽管他的歌声有些跑调,但嗓门儿却格外洪亮,在夜幕中传出很远,逗得姑娘们越发笑得前仰后合。

就在戈林和这几个姑娘在大街上肆无忌惮地笑闹时,几个巡逻的警察很快发现了扰乱秩序的这一伙人,他们径直朝戈林走过来,非常严厉地盘问起来。

"这不关姑娘们的事,你们要逮捕就逮捕我好了。"

戈林脸上带着几分朦胧的醉态笑着说,他的吊儿郎当的态度使这几名警察越发恼火,虽然那几个姑娘一直在一旁苦苦求情,他们还是不客气地将戈林带走了。

酒醒从警察局出来后,戈林觉得自己的这一举动确实有些荒唐,有些出格,同时他也认识到他的生活太散漫了,有时候,太过无拘束的生活并不是一件好事。戈林想改变自己目前的这种生活状态,一旦下定这样的决心,他又重新振作了起来。此时,他不仅对自己目前的生活感到厌倦,同时他感觉自己对丹麦也已经厌倦了,他急于离开这里,开始新的生活,与以往的自己彻底告别。于是,戈林毅然决然地辞去了福克公司飞行员的工作,来到了瑞典航空公司。

罗森伯爵的城堡之行

    在瑞典航空公司期间，一向出惯了风头的戈林的虚荣心并没有满足，因为每当他在社交场合介绍自己是一名德国中尉时，对方常常流露出不屑的神色，弄得戈林颇感尴尬。原来在瑞典，中尉这个军衔原本便是一个令人不屑的职位，为了改变这种境遇，戈林向德国相关部门提出了申请，希望能够以上尉的军衔转业，同时他还表示，只要上级部门能批准他的这个要求，他愿意放弃抚恤金和伤残津贴。上级部门很快满足了戈林的要求，为此戈林兴奋不已。于是，在瑞典首都斯德哥尔摩的上流社交场合，出现了一位颇有教养而又年轻潇洒的德国王牌飞行员赫尔曼·戈林上尉。

    在获得上尉军衔以后，戈林开始重新活跃了起来，同时从当时的情势分析，他觉得瑞典更适合他的发展，便决定要在瑞典定居。

    1920 年 2 月的一天，戈林正坐在办公室里享用早餐，这时一名年轻的瑞典人走了进来，戈林忙起身相迎。

    "您好，我叫埃里克·冯·罗森，以前就听说过您的大名，我这次慕名前来，是希望包租您的飞机，我要到我的城堡罗克尔斯塔特去。"男人很礼貌地作了自我介绍，并说明了来意。

    "这是我的荣幸，很乐意为您效劳。"戈林微笑着说道，对于眼前这人，他也早有耳闻，在当时，提起埃里克·冯·罗森，也算是德国社交界的一位名人。因此,戈林很愉快地答应了他的要求。

几天之后,在一场罕见的大暴风雪中,戈林凭借自己高超的技术,将飞机平稳地降落在了罗森伯爵的城堡附近的冰湖上。因为当时的气候实在太恶劣,戈林无法立刻返航,便在罗森伯爵的城堡中住了下来。

当晚,罗森伯爵邀请戈林参观他的城堡,两人端着透明的高脚杯,高脚杯里盛着上好的红酒,绯红色的液体荡漾着,他们在城堡里随意地四处走动,一边品尝美酒,一边愉快地交谈。

"那是什么图案,它们有什么特殊的含义吗?"戈林注意到墙壁上几处雕着卐形图案的地方好奇地问道。

"你说的没错,它象征着太阳在所有地方升起,这是在歌德兰岛发现的一种图案,也可以说是一种神秘的符号,是北欧人的祖先创造的。"罗森伯爵解释道,而戈林听着罗森伯爵的介绍,静静地站在那一片图案前,心头蓦然掠过一种奇异的感觉,这个自己从未见过的图案仿佛有一种强大的吸力,已经将他整个身心深深地攫住了。

就在戈林旁若无人般地伫立在那片图案前,痴痴地发呆的时候,从楼梯上传来一阵细碎的脚步声,伴随着若有似无的一阵清香,终于将戈林的思绪拉回了现实世界。他抬头一看,只见一位美丽的女郎正轻轻提着裙摆拾级而下,她半低着头看着脚下的楼梯,使戈林无法完全看清她姣美的容颜,但戈林还是被这种无法言说的静美惊得目瞪口呆。他有些失态地呆愣在那里定定地望着她,仿佛瞬间丧失掉了所有的语言和思维,大脑中一片空白。

"容我介绍,这是我的妻妹卡琳·冯·福克女伯爵。"罗森伯爵适时打破了这种尴尬的场面,戈林闻言忙收敛了自己的神态,微笑着望着眼前这位叫卡琳的女伯爵。

"您好，很高兴认识您，尊贵的女士，我叫赫尔曼·戈林。"戈林说着轻轻抬起女伯爵的手，放在唇边吻了一下，期间他的眼睛始终没有从女伯爵的脸上离开。卡琳脸上带着一贯的优雅和矜持的笑容望着戈林，之前她就在瑞士当地的报纸上听说过戈林的名字，对他的英勇事迹也略有耳闻，因此当这位仪表堂堂而又英勇过人的年轻人出现在自己面前时，她同样对他有相当的好感。

　　当天夜里，戈林、罗森伯爵、卡琳三人相谈甚欢，一直聊到很晚。和温婉、娴静的卡琳待在一起，戈林觉得自己体验到了一种从来没有过的美妙的感觉，他暂时忘记了所有的烦恼，忘记了战场上的厮杀，他长时期以来一直汲汲于功名权力的心得以渐渐安静下来，感受到一种少有的平静和愉悦。"真希望那一晚一直延续到世界末日。"后来，戈林在和卡琳提起他们初相识时，这样感叹道。

希特勒四大爪牙·戈林

爱上有夫之妇卡琳

随后,戈林和卡琳便开始了越来越频繁的单独交往,两人不约而同地深深堕入了爱河。虽然卡琳当时已经 31 岁,比戈林大 5 岁,但岁月似乎并没有在她的脸上留下沧桑的印记,反而使她更增一抹成熟女人的风情,年龄也不可能成为他们相爱的障碍。由恋爱到同居,他们之间的感情发展得很迅速。

更让人感到惊讶的是,卡琳已经是一名有妇之夫,她的丈夫是一名瑞典军官,他们的儿子已经 5 岁了。虽然结婚没几年,但卡琳早已经厌倦了这种琐碎的生活。同很多女人一样,她的内心充满了浪漫的情调和不切实际的想法,潜意识里希望摆脱现在的生活,向往新的天地,而戈林的出现正契合了她的这一心理。

此后没多久,戈林与与女伯爵的风流韵事便传开了。这在当时并不是一件光彩和体面的事情,甚至可以说是一桩丑闻,因为当时的斯德哥尔摩还是一座很保守的城市,在那些思想保守的市民看来,这样一件事显然已经超出了他们的想象力。

面对人们的指指点点戈林丝毫没有感到尴尬和难堪,他的整个身心都沉浸在美妙的爱情中,其他的事情已经不再重要了,他简直太爱卡琳了,她每一举手一投足的动作,都令他沉醉。他对她唯一不满意的地方是,卡琳为了不失去孩子，迟迟不肯离婚。与此同时，卡琳的丈夫和她的家人一起给她施加压力，他们希望她立刻离开戈林，停止这种伤风败俗的行为，作为一个妻子、一个母亲，她应该承担起自己身上的责任和重担，立刻回归家庭。卡琳的丈夫尼尔斯·冯·坎楚甚至以剥夺她的财产分割权和子女监护权相要挟，但无论怎样，此时的卡琳已经深深陷于爱河不可自拔，虽然来自各方面的压力让她有些心烦意乱，但没有什么能动摇她对戈林的感情。

戈林对卡琳也怀有同样的深情，两人置外界的种种传闻和指责于不顾，开始了公开的同居，并最终步入了婚姻的殿堂。

岁月是在不经意间悄悄地流逝的。1920 年，经历过战争洗礼的德国，国内的经济状况并不是很好，虽然战争已经结束了将近两年，但人们还没有从余悸中完全恢复过来。国内的政治经济等等方面，都遭到了战争不同程度的摧残，想要彻底恢复到战前的样子并不是一朝一夕的事情，恐怕还要假以时日。

在这一年的夏天，戈林带着卡琳回到自己的祖国德国旅行，两人来到巴伐利亚，在这里过起了恬静而没有忧虑的生活。这对戈林而言是一生中少有的一段甜蜜幸福的时光。当时的巴伐利亚主要以农业为主，因此有很多优美的田园风光，更让戈林感到喜悦的是，这里是巴伐利亚啤酒所需要的啤酒花的种植地，弗兰肯葡萄酒更是受到行家们的交口称赞。

美丽的风光会使人赏心悦目，心旷神怡。戈林带着卡琳游览了慕名已久的阿尔卑斯风光，他们一路观赏了山前令人着迷的柯尼希斯湖，以及附近的森林和国家公园，最后，他们手拉着手站在阿尔卑斯山顶，头顶蓝天白云，脚下是一望无际的瑰丽风光。

天地有大美而不言，四时有明法而不议。在这隔世离尘之处，两人俯瞰脚下，顿觉视野开阔起来，身心无羁，连呼吸都变得格外顺畅。卡琳脸上带

希特勒四大爪牙·戈林

着恬静的笑容依偎在戈林怀里，戈林站在山顶拥着此生最心爱的女人，一时心中无限柔情。天高云淡，一切都是那么渺远，又是那么贴近，仿佛伸手便可触及天上的云朵。

会当凌绝顶，一览众山小。戈林极目远眺，脚下风光无限的大好河山尽收眼底，激发出心中的豪情壮志，使他不由感慨了一番。

"你知道，我一直以来的目标是能够和里希特霍芬并驾齐驱。"戈林目光迷茫地望着远处喃喃地对卡琳说道。

德·冯·里希特霍芬，是德国最负盛名的飞行员，以他的名字命名的飞行中队，也是德国空军中战斗力最强的飞行中队。

"是的，我知道，你可以一直努力，直到实现心中的这一目标为止。"卡琳在戈林怀里仰起头望着他，在她看来这是一件很简单的事情，他实在不明白戈林为什么看上去有些懊恼。

"可是上帝并不给我这样的机会，这该死的战争，在我准备大显身手之前，它已经结束了。"戈林的情绪忽然变得异常激动，他在卡琳面前从未这样失态过。

"亲爱的，和平不是很好吗？要知道每个人都喜欢过平静的生活。"卡琳柔声说道。

但是这番话对戈林而言，并不能起到抚慰的效果，他天生属于天空，属于战争。一遇到战事，他便摩拳擦掌，兴奋不已；而战争一旦停止，他的精神也会随之沮丧起来。戈林很了解自己的这一特质，也明白这段日子，正是卡琳转移了自己的注意力，若不是因为卡琳在身边，真不知道自己将陷入怎样百无聊赖的深渊。

对戈林而言，没有战争，他便无所作为，便无法证明自己，所有的抱负、所有的雄才大略也就无从施展，因此戈林喜欢战争、厌恶和平。

"对每一个普鲁士军人而言,蓝色珐琅十字奖章是梦寐以求的荣誉,可是这枚'蓝色珐琅'似乎离我总是那么遥远。"戈林说着轻轻地闭上了眼睛,仿佛陷入对这种无上荣誉的遥远的遐思中,又仿佛是对现实中这种挫败的逃避,这并不是一件他愿意去面对的事情。

　　"或许那并不重要,亲爱的,生活中还有很多更美好的事物在等待着我们。"卡琳再次柔声说道。

　　"我在飞行方面的天分无人能及,可是事实证明,我和里希特霍芬之间简直就是天壤之别。"戈林睁开眼睛,懊恼地说道。同时他觉得不仅是上帝没有给他这样的机会,使第一次世界大战早早结束,里希特霍芬本人也没有给他这样一较高下的机会。1918年初,德国空军将4个战斗机中队合并成一个联合飞行中队。对西线发动大规模的进攻,里希特霍芬任第一联合飞行中队队长,而第二飞行中队的队长由勒歇泽担任。这使得戈林妒火中烧,他觉得自己并不比这两个家伙差。一个月后,里希特霍芬在空战中丧生,戈林觉得自己的机会终于来了,岂料空军指挥部却指派了另外一个人做里希特霍芬的继任者。希望再一次落空之后,戈林终于明白,自己还需要再立战功。认识到这一点之后,他开始更多地将自己的注意力转移到战争上,希望用自己的战功来证明一切。

　　在6月份的一次空战中,里希特霍芬的继任者战死,戈林的机会终于来了,这一次他得到了朝思暮想的里希特霍芬中队的指挥权,就在他踌躇满志地准备大干一场时,德国在西线节节败退,整个大战已经接近尾声。

　　"英雄"没了用武之地,戈林心中无限失落。虽然他当时已经有了很大的名气,并手握重拳,但在当时的德国空军界,里希特霍芬已经成为一个无法超越的神话。而戈林觉得自己再也不会有赶超里希特霍芬的机会了,在世人眼中,他们永远相差悬殊,有着云泥之别。

希特勒四大爪牙·戈林

这是一个无法更改的事实。截止到 1917 年底,戈林一共击落了 15 架飞机,而里希特霍芬已经击落了 61 架,是戈林的 4 倍还多。这使得一向以英勇善战著称,并且连战连捷的戈林在面对里希特霍芬时有种难言的挫败感,这一事实也大大伤害了他的虚荣心。为了扭转这一局面,戈林甚至不择手段,他在第一次参加空战完后,在飞行报告中大言不惭地声称自己击落了 7 架敌机,当时有很多和戈林一起参加空战的飞行员对这一数据表示质疑,然而事实究竟怎样,戈林的上司已经难以作出进一步的核实。

在 1917 年的一次英、德空战后,戈林再次宣称他成功击落了一架斯巴德战斗机,他坚信那架敌机坠毁了,当时由于热油溅在了脸上,灼烫难忍,所以他没能盯住目标。对于戈林的这些大话,人们已经习以为常,并没有给予太多关注,德国空军指挥部最后也没有承认戈林的这一系列战绩。戈林为此感到深深的失落和不平,但 30 年之后,戈林当年的好朋友勒歇泽在提起往事时,承认戈林本人一向有着极强的好胜心和虚荣心,为了达到目的,他确实谎报过战绩。当时戈林还劝勒歇泽也这样做,并强调除非他们永远也不想领先,否则就必须这样做不可。是时,勒歇泽已经成为一名将军,并且作为戈林的好朋友,他又怎会轻易撒谎?

由此我们可以推断出,戈林当时的失落和不平并不是因为人们误解和冤枉了他,或许更多的是一种抑郁不得志的心情吧。

当然,此时戈林心中的抑郁不过是一时有感而发,作为一个野心勃勃的人,他有相当的理智,不会长时间沦陷于这种负面情绪。此时此刻,戈林站在阿尔卑斯山顶,拥着自己此生最心爱的女人,心中的阴霾很快一扫而光,又恢复了之前的宁静和欢喜。唯一所不同的是,在山顶的这段所见所感,更加激励了他想要成就一番大事业的念头。

无论这结局是拯救还是摧毁,他都妄图改变全人类。

继阿尔卑斯山之后,戈林又带着卡琳游览了天鹅堡,天鹅堡是根据巴伐利亚国王路德维希二世的梦想设计的。路德维希二世喜欢艺术,按照路德维希二世的构想,天鹅堡是传说中白雪公主居住的地方,内部装饰得纤巧精美。这座天鹅堡斥巨资建造,一共花费了17年的时间。城堡四周有明镜般的湖泊,有蔚蓝色的沉沉湖水,这一切美妙的自然景观为天鹅堡营造出一种梦幻般的气氛,置身其中如同置身美妙的人间仙境。

两人在这里缱绻留连了一阵之后,又参观了圣母教堂。站在绿色圆顶的圣母教堂里,卡琳惊喜地发现石头地板上神奇的一幕:"咦,这里有一个脚印!"

"传说在很久以前,建筑师在建造这座教堂的时候,曾对魔鬼许诺说:'等教堂建成之后,从里面将不可能看到任何一扇窗户。'魔鬼听了非常高兴,就帮助建筑师一起建造。在魔鬼的帮助下,教堂很快建成了,这时建筑师对魔鬼说:'虽然在这里不能看见一扇单个的窗户,但所有来做礼拜的人都处在一个拥有充足光线的区域内。'魔鬼听后大怒,觉得建筑师愚弄了他,狠狠一跺脚,他的脚印从此就留在了石头地板上,成了'魔鬼的脚印'。"戈林微笑着缓缓地向卡琳讲述道。

"我喜欢这座教堂还有这个故事,这真是太有趣了!"卡琳微笑着仰起头,望着戈林说道。

"你说的没错,亲爱的!"戈林微微低下头说道,同时抬手在卡琳的鼻子上轻轻刮了一下,然后将目光转向远处:"不管怎样,人来到这世界上,总要留下点儿印记。"

那天是白天,但是戈林的心里却仿佛是在梦中。现实的好心情,已经让戈林忘记了周围的一切。他不仅陶醉在美丽的风景中,也陶醉在花前月下的爱情里。

希特勒四大爪牙·戈林

　　花花世界里游览了一圈之后，戈林和卡琳在慕尼黑附近的一个叫上克罗伊特的小村子住了下来，在这里开始了他们平静而浪漫的生活。这时的戈林已经30岁了，正值风华正茂的盛年。太平无事的年月，戈林觉得自己既然已经失去了在战争中成功的机会，不如在学习中成长，来适应这个日新月异的世界和这个物竞天择的社会。于是，他决定要到慕尼黑大学学习经济。

在慕尼黑大学的学生时代

第一次世界大战结束了，但它给德国经济造成的冲击无疑是空前的，德国经历了一次历史上最引人注目的超速通货膨胀。在战争结束时，同盟国要求德国支付巨额赔款，其结果引起德国财政赤字。一时之间，德国的货币和物价都以惊人的比率迅速飙升。

在这样的时代背景下，戈林觉得学习经济是一个不错的选择，既然不能在战场上施展自己的才能，戈林便退而求其次，希望能在经济的大潮中力挽狂澜。而当时的慕尼黑大学已经有将近 500 年的历史，是当时历史最悠久、文化气息最浓郁的大学之一。不仅在德国，在世界上也有着很高的声誉。因此，在戈林看来，到慕尼黑大学学习经济绝对是一个明智选择。

作出这一决定之后，戈林灰暗萧条的心底生出一丝希望，尽管前途是光明的，他却不得不面临眼前的困窘。戈林生性挥霍无度，即使在和卡琳结合后，他也没有攒下任何积蓄。眼下他的生活十分窘迫，靠卡琳画画和做手工艺品只能勉强维持生计。

福无双至，祸不单行。就在戈林为筹措学费四处奔走时，卡琳生了一场大病，戈林既心疼又焦虑，无奈之下，他只好将卡琳的毛皮大衣当掉来支付昂贵的医药费。也正是在他们最困难的这一段时期，卡琳的家庭再次软硬兼施地给她施加压力，母亲表示，只要卡琳愿意回家，她可以将德洛特宁霍

希特勒四大爪牙·戈林

尔姆的避暑别墅送给她。卡琳知道父母一直希望自己能回心转意,这次更是以她生病为契机,希望她能够回到原来的家庭,卡琳的丈夫尼尔斯也表示,只要她答应回家,他愿意和她重修旧好。他给卡琳寄来了钱,让她赎回大衣,同时还寄来一张回斯德哥尔摩的机票,这对卡琳而言并没有太大的意义,但前者确实替她解决了燃眉之急。

人生风云多变幻,英雄落难谁人怜?

戈林想起曾经的风光无限,想起自己曾经驾驶着飞机在高空纵横驰骋大显神威,如今却落到这步田地,真乃时也命也造化也。一时不由得百感交集,再想到卡琳为了自己甘愿放弃富贵优渥的生活,背井离乡流落到衣食无着的地步。他更加迫切地希望自己能够出人头地,改变这种现状,同时能给自己所爱的人以幸福的生活。

戈林很快凭借自己的交际手腕筹到了学费,在慕尼黑大学潜心学习的同时,他依然关注时政要闻。

时势造英雄,战争夺走了无数人的生命,毁灭了无数的村镇、田园、家庭,但同样也造就了一批杰出的人才,毫无疑问的是,戈林就是这些"杰出人才"中的一位,他获得了最高战功的勋章。虽然这些参加战斗的德国人受到了自己国家的嘉奖,但是德国作为战败国还是同战胜国签订了《凡尔赛和约》。

《凡尔赛和约》共 15 部分 440 条,对德国的领土、军事、赔偿和殖民地作出了限制规定。"和约"的主要内容是:

在关于领土问题上,德国将阿尔萨斯、洛林归还法国;鲁尔煤矿归法国,鲁尔区由国联代管 15 年,期满后经公民投票决定其归属;莱茵河西岸由协约国占领 15 年,东岸 50 公里内不设防区;德国承认波兰独立,波兰得到波兹南、西普鲁士、上西里西亚的一部分领土及穿过西普鲁士的所谓"波

兰走廊"的狭隘出海口,但泽被宣布为自由市;西里西亚的古尔琴地区划归捷克斯洛伐克;默麦尔由国联代管;德国承认奥地利独立,德、奥不得合并。此外,丹麦、比利时也得到一些领土。德国共丧失七分之一的领土和十分之一的人口。

在关于军事问题上,德废除普遍义务兵役制;撤销参谋本部;陆军总数不得超过 10 万人;海军舰艇的最高限额为战斗舰、轻巡洋舰各 6 艘,驱逐舰、鱼雷艇各 12 艘;不得拥有坦克、装甲车、军用飞机和潜水艇;拆除西部边境防御工事,保留东部边境防御工事。

在关于赔偿问题上, 和约在原则上要求德国承担战争责任及提供赔偿,但关于赔款总额及支付期限等问题没有解决,决定成立一个赔款委员会来研究确定,德国应在 1921 年 5 月 1 日前先交出 200 亿金马克。

在关于殖民地问题上,德国的全部殖民地由几个主要协约国以"委任统治"的形式予以瓜分。德属东非的坦噶尼喀为英所得,卢旺达及布隆迪归比利时,多哥和喀麦隆由英法瓜分,德属西南非洲由英国自治领南非联邦统治,德属太平洋岛屿,赤道以北的马绍尔群岛、加罗林群岛、马利亚纳群岛划归日本,赤道以南的新几内亚岛和萨摩亚分别划归英国自治澳大利亚和新西兰。

因为《凡尔赛和约》对德国的各方面都作出了限制性规定,特别是对德国的军事力量进行了极为苛刻的限制,从此德军走上了一条建设基干型军队的路子,只保留了最优秀的人才,便于日后随时扩充。

虽然战争结束后,柏林成立了共和国,德国人对此也没有反对,但是对政府在《凡尔赛和约》上的签字,对还在幻想中的德国人民来说是个沉重的打击。一些群众举行了集会,要求政府拒绝在"和约"上签字。

紧接着,更让这些群众无法接受的是马克的贬值,为了逃避"和约"上

希特勒四大爪牙·戈林

的债务，避免赔款，在大工业家和大地主的教唆下，政府有意地让马克贬值了。德国社会上的底层人民在经济上遭受了灭顶打击，他们的存款连日常的生活都维持不了，买不起食物等，饥肠辘辘的滋味每一天都伴随着他们。在这种痛苦和绝望中，他们将怒气发泄到了魏玛共和国的身上。

在这样的情况下，阿道夫·希特勒的机会来了。敏感的希特勒看到经济困难和政治动荡带来的机会，他准备以巴伐利亚为跳板，推翻这个年轻、不成熟的魏玛政府，攫取全国政权。

希特勒开始驾驭这股反政府力量，他在巴伐利亚的慕尼黑发挥他的雄辩天才能力，煽动各阶层对政府有怨言的人。在希特勒的煽动演说中，他对政府签订的《凡尔赛和约》，对"11月罪人"等社会问题进行了批判，他用大量的尖锐的演讲词唤起了听众们的爱国热情。

第五章

投身政治

咖啡馆里结识希特勒

对于戈林来说,1921年也许是值得记住的一年。他在这一年与希特勒相识,并且追随希特勒走上了一条在当时看他认为很光明的道路。当时,从国外回国的戈林通过申请,正在慕尼黑大学学习经济学,而此时的希特勒正在慕尼黑的各个地点活跃着。作为一名参加过第一次世界大战的士兵,戈林对《凡尔赛和约》的条款也是极其不满的,他认为德国的尊严都被这苛刻的条款抹掉了,但是面对现实,他却没有能力做些什么,只是同大多数的德国人一样,愤怒在心中蔓延,在戈林看来,这是一件难以忍受的事情。

那是一个深冬,学校已经放假了,闲来无事,戈林决定去咖啡馆坐坐。但是没有想到的是,当他踩着厚厚的积雪来到街道上才发现,时间实在是太晚了,大街上已经很少有店铺在营业。失望的戈林一面感叹着世道不好,一边睁着眼睛仔细搜寻着,试图找到一家正在营业的咖啡馆。

真的是很幸运,在寻找一段路程后,戈林发现在一处不起眼的街道角落里,一家名"诺依曼"的咖啡馆正在营业,他走了进去。

进入咖啡馆后,戈林很惊讶,他发现里面座无虚席,很多人都是站着的,他要了一杯咖啡,然后问:"怎么这么多人?"

侍应生给戈林端来咖啡说:"先生是第一次来这里吧?这里每一天都这么多人,很多人都是来听演说的!"

希特勒四大爪牙·戈林

"演说？"戈林感到疑惑。

"是的,是希特勒先生的讲话!他讲的很好,你可以听听!"侍应生说道。

"哦?一会儿有讲话吗?"

侍应生笑着说:"有,你可真是很幸运,第一次来就赶上了这个大型的演说,要知道以前的规模都比较小,还有很多人来时,希特勒先生都没来演说呢!"

看着人声鼎沸的人群,戈林的兴致上来了。他想:既然能被这么多的人认可,那这个人还是很有能力的,我也听听吧!

正当戈林怔想之际,一个大约30多岁的青年人出现在咖啡馆里,他一出现,屋子里的声音就渐渐地落下去了。凭直觉,戈林觉得这个人应该就是希特勒。看着满屋的人,希特勒的心中涌出一种自豪感,这些人是奔着自己来的,各阶层的人都有,如果自己能得到这些人的支持,那就会达到自己的目标。

演说开始了,希特勒用直白的话语,用当年成为士兵时常说的通俗话向这些人解说着自己的构想。演说主要针对《凡尔赛和约》带来的一系列问题展开,同时也是为了唤起民族自豪感和尊严。在希特勒的听众里,那些当年参加过战争的士兵们像是找到了知音,有种他乡遇故知的亲切感,戈林就是这些人中的一个,希特勒的演说引发了他的兴致,他没有离开咖啡馆,而是聚精会神地听着希特勒的演说。虽然戈林是第一次听到希特勒的演说,但是咖啡馆里这么多人不畏寒冷的天气出门,只为听希特勒演说足以证明希特勒的演说内容、语言的驾驭才华和他的雄辩早已经让他在这种类似的群众性聚会中闻名遐迩。

此时,戈林不知道的是与那些正统的旧政党演说家们相比,希特勒的形象显然更深入人心,那副"普通士兵"的形象,那旧军队士兵情怀让他取得了成功。一些旧军队的士兵开始追随在他的身后，在他进行演说的时候，那些曾经的士兵就为他把关，防止有捣乱分子进行捣乱；当场面被控制后，希特勒的演说是极富有煽动性的，他用富有激情的演说感染了许多人。

希特勒环顾了一下四周的听众又接着说下去：

可是现在，《凡尔赛和约》的签订，它已经使我们的尊严不复存在，而我相信，此时此刻站在我面前的是流着千年不屈血液的军团，而不是一群只知道抗议的懦夫。抗议是一种耻辱，因为它终究于事无补。当我们的尊严和领土遭受到无情的蹂躏和践踏，我们还一味地只知道抗议是羞耻的。我们不是奴隶，我们不是牛马，我们是一群永不屈服的日耳曼人。所以，我们将永远为自由而战，为一个民族的尊严而战。我们必须向全世界证明我们是一个有骨气的国家，日耳曼民族是世界上最高贵的民族。而只有流血和牺牲才能证明这一点，才能洗刷曾经的耻辱。

伟大的胜利都是用铁和血换来的，所以，我们必须拿起武器，并且我们必须胜利，用我们的武器和我们最终的胜利，给那些曾经践踏过我们尊严的人以狠狠的还击，告诉他们，同时也告诉全世界，日耳曼民族是一个怎样的民族。

既然上帝赋予我们双手，那就拿起武器去战斗吧！

我相信你们和我一样期待着这一幕。

我也相信，我们终将看到7000万坚贞不屈的日耳曼人，而不是7000万忍辱偷生的奴隶。

我更相信，日耳曼民族的大旗将插遍欧洲大陆的每一寸土地。而在此之前，我亲爱的同胞们，为了这一天的到来，我将永远举着这面浸透了鲜血的大旗冲在最前方，直到我自己也流尽了最后一滴鲜血，倒地死去。

最后，我最爱的同胞们，德国和德国人民万岁！自由万岁！

希特勒四大爪牙·戈林

在这间小小的咖啡馆里，气氛出奇地安静，只有希特勒高亢而洪亮的嗓音回荡着，撞击着人们的胸腔。此时此刻，戈林正坐在靠前的位置，他和周围所有人一样，胸腔里也澎湃着一腔激情，希特勒的一番话，犹如一颗巨石，击在人们平静的心湖，激起惊涛骇浪、翻涌不息。

演说结束了，啤酒馆里依然很安静，人们似乎还久久沉浸在其中，没有缓过神儿来。不得不承认，希特勒是一个天生的演说家。最擅长蛊惑人心的宣传，他的这一才能使他成功地网罗了一大批追随者，为他以后的政治生涯打下了良好的基础。

此时，希特勒依然站在那里，演说收到意料之中的效果，他对这一点一向有相当的自信。他望着面前群情激动的人们，从他们的脸上看到他们内心的愤怒、屈辱和不甘，这正是他想要的效果，唯其如此，才能激发出他们的斗志。望着眼前这群人，希特勒一张棱角分明而又充满坚毅的脸上涌起一丝笑容，他要唤醒一个民族的尊严和斗志，然后去征服整个世界，就像他在演说中所说的，他相信只有铁和血才能赢得这一切。在他心中一直有着这样的信念——如果说我们还没有成功，那不是实力问题，也不是时间问题，而是我们流的鲜血和汗水还不够。

这是一种可怕的念头，一个有着这样念头的人更是一个可怕的、野心勃勃的人。

"我的同胞们，现在我提议，为了今晚的精彩演说，为了我们将来的胜利，干了这一杯！"戈林忽然从座位上站起来，以咖啡代酒，端起咖啡杯大声说道。如梦初醒的人们都端起咖啡杯互相点头致意。戈林也端着咖啡杯向希特勒示意了一下，他们相距大约有 2 米远，希特勒含笑望着戈林，接着，两人不约而同地举起杯子，将满满一杯咖啡一饮而光，同时感觉心中一阵前所未有的畅快。之后，希特勒放下杯子，向戈林走过来。

人生一大快事不是久旱降甘霖，也不是多年的故旧相遇，而是棋逢对手、将遇良才，遇到生命里注定要遇到、彼此又惺惺相惜的那个人，去共同成就一番轰轰烈烈的伟业。虽然他们是不义战争的始作俑者，但这种感觉却是相通的。

即使是在戈林已经成为帝国元帅，他的名字已经响彻欧洲大陆的时候，他一直没有忘记这个难忘的晚上，希特勒正是在这个晚上走进了他的生命。而那时的希特勒还是一个初出茅庐的青年，但他的身上却似有一种强大的吸力，能将周围人牢牢地吸附在自己身边，成为他至死不渝的追随者。在他的追随者们心中，他不是一个人，而是一个神祇，是一种精神，一种信仰。

"很高兴认识你，我是赫尔曼·戈林。"戈林望着一步步走近的希特勒，眼里带着一抹意味深长的笑容，向希特勒伸出了手。一句简单的开场，恰到好处地体现出戈林的自信或者说是自负，他没有说"我叫戈林"，而是说"我是戈林"。而以希特勒的精明，当然也捕捉到了他的这种自信，他对戈林的这种态度不仅不反感，甚至有几分赞赏。或者说，在他刚才发表演说的时候，他就已经感觉到人群中的这个年轻人不同凡响。与群情激奋的人们相比，戈林很镇定，并且始终面带微笑地望着他，他能感觉到那两道穿透人群的犀利的目光，它们从来没从他身上离开过。通常人们长时间地盯住另一个人，不是因为仇视，便是因为极其欣赏。而此时希特勒可以清楚地判定，那一定不是前者。因此，在戈林开口介绍自己前，他就已经对他抱有相当程度的好感。

"我是阿道夫·希特勒。"希特勒伸出手，与戈林的大手握在一起，用同样的方式回答道，话音方落，两人不由淡淡地会心一笑。希特勒接着说："我也很高兴今天能够与你相识，赫尔曼·戈林这个名字，不仅对我，甚至对很

希特勒四大爪牙·戈林

多德国人都并不陌生。"

"你刚才讲的真是太好了，其实我更想听听你对这场战争的看法。"戈林望着希特勒说道。

"我们坐下聊，那边有空位。"希特勒并不急于回答戈林的问题，向近旁瞟了一眼说道。

此时，夜已经很深了，人们已经纷纷散去，刚才还人满为患的咖啡馆，腾出很多空位。

周围有几个打扮入时的人围着一张桌子，一边吸着雪茄一边天南海北地闲聊着，角落里有两三个大肆谈笑的人。他们的肢体语言很夸张，坐在那里，身体看上去简直有些摇摇欲坠，在希特勒和戈林的余光中，他们的面目很模糊，也并不关心他们在说些什么。

当然这对希特勒和戈林而言并不重要，此时，这一对初相识的青年，眉目炯炯，眼睛像燃烧着一团火一样望着彼此，就像猫儿看见了腥物，他们不约而同地都对彼此抱有极大的兴趣。

戈林随希特勒来到他选中的位置，两人相对落座，又重新要了咖啡，希特勒转过脸来，将注意力重新放在戈林身上，并回答他刚才提出的问题，这一点令戈林心中很满意。他还以为在刚才的一系列过程当中，希特勒已经忘了他的问题。

"当然，关于这场战争，我的看法谨代表我个人，我觉得这并不是我们的实力的问题，你知道，德意志帝国一向不乏优秀的指挥官，也不缺少训练有素的军队。"希特勒望着戈林说道，末了将深邃的目光转向远处，似乎在想着接下来的措辞。

"在这一点上，我们可以算是不谋而合了，我也是这样的看法。"戈林笑着说。

希特勒很激动,他仿佛遇到了真正的知音,嘴边的一撮小胡子也随之抖动起来。

"你说的没错,在这样的情况下,我们的尊严何在,所以我们必须将所有日耳曼民族的成员团结在一起。就像你所说的,只有铁和血能洗刷掉我们曾经的耻辱,所以我们迫切需要另外一场战争来证明自己。"作为一个战争狂人,戈林的身体里流淌的是激进的、不安分的血液,能发表出这样一番看似慷慨激昂、实则异常偏执的言论不足为怪,而他的这种思想正契合了希特勒的心理。

当时的德国处于魏玛政府统治时期,经历过一场战争的洗礼,德国正处于积贫积弱的状态。巨额的赔款引发财政赤字、物价飞涨等等一系列现状令德国人苦不堪言。而魏玛政府似乎无力改变这种现状,这使很多的德国人已经对魏玛政府不再抱有希望。在这样的情况下,希特勒觉得岌岌可危的魏玛政府被推翻的结局已经是注定的了,他一直期待着这一天,旧的制度被打破,重新创造出一个崭新的德国。此时,戈林的出现,更加坚定了他的这种信念,更加坚定了他要去做这件事情的决心。同时,他也深深地知道,这是一条危机四伏的艰险之路,但是戈林一定会选择站到他的身边,坚定不移地和他一起走下去,他在他的身上看到一种对战争罕见的狂热。他已经隐隐看到,在不久的将来,他们一同在这片欧洲大陆上翻云覆雨、叱咤风云。

一个非凡人物的诞生,往往是时势和他自身的共同选择。在当时的德国慕尼黑街头,像戈林这样的旧军人随处可见,他们曾经为战争抛头颅、洒热血。战争结束了,他们中的绝大多数却领不到一分钱抚恤金,生活无法得到保障,终日在街头无所事事地闲逛,残酷的现实让他们越来越失望。迫于生计,他们有的加入了由国防军秘密支持的武装自由团,有的投靠了政客

希特勒四大爪牙·戈林

充当一名打手,更多地成了流落街头的无业游民。

在戈林看来,这是一种堕落,他不屑与他们为伍,尽管他的日子同样不好过,直到希特勒的出现,终于让他的内心死灰复燃,重新点起一丝希望的火光,尤其是在他得知希特勒是德国国家社会主义工人党的政党的领袖时,他望着眼前这个瘦小单薄的青年人,感觉他整个人如同静水深流般潜藏着一股强大的力量,更从他斯文、礼貌的外表下看到一种极强的掌控欲。很多时候,识别一个人并不需要太长时间,片刻的相处,就足以使他断定,他们是志同道合者。

加入纳粹党

德国国家社会主义工人党简称"国社党",也是历史上罪恶滔天的纳粹党,它在 1946 年被纽伦堡国际军事法庭宣判为犯罪组织。

戈林与希特勒相识时,希特勒是纳粹党的主席。在希特勒的鼓动下,戈林加入了纳粹党。

在戈林看来,这是一个明智的选择,尤其是在他看到纳粹党的党旗时,鲜红的底色上,一个醒目的"卐"字图案,这面党旗仿佛一下子将他的灵魂击中,给他的心灵带来很大的触动。他的思绪不由得回到了与卡琳相识的那个夜晚,当时,在罗森伯爵城堡的墙壁上,他就看到了这样的"卐"字形图案,他痴痴地凝伫在那片墙壁前,然后,他看见卡琳提裙从楼上走下来。如今,他在这面党旗上又看到了这样的图案,戈林觉得这是一个很好的兆头,第一次看到这个图案,他遇到了一生中最爱的女人。而现在,他相信,这个图案一定会再次带给他好运。

自从加入纳粹党之后,戈林常常去希特勒那里参加活动,听他的演说,逐渐成了希特勒最忠实的拥护者。

希特勒对戈林也越来越信任和欣赏,他不止一次地在戈林或者其他人面前说,他的党需要像戈林这样曾经为德意志而战,并且能力超群、功勋卓著的人。

希特勒四大爪牙·戈林

　　好久没有听到这样的恭维了,这句话令戈林飘飘然,并且更加干劲儿十足。

　　戈林狂热的精神和他不凡的能力,使他很快成为纳粹党的冲锋队队长。一时之间,戈林变得更加忙碌起来,他几乎将自己的全部精力都投入到了冲锋队的扩充和训练上,在他的努力下,希特勒的冲锋队日渐壮大。在此期间,戈林也得以认识到真正的希特勒,明白他的野心不仅限于政治方面,他的目标也不仅仅是夺取德国政权,而是要建立继神圣罗马帝国之后的另一个帝国——日耳曼帝国。因此,希特勒非常需要像戈林这样功勋卓著的军事人才。

　　战争的最大受害者永远是普通老百姓。第一次世界大战已经结束了很长一段时间,德国的经济不仅没有逐渐恢复过来,反而越发陷入了无底的深渊。马克对美元的汇率飞速下跌,很多老百姓迅速破了产,他们原本在银行里有很大数额的存款, 如今这些存款的购买力却低到了惊人的地步,这样的情况几乎让人癫狂,因此他们越发痛恨现有的政权。经济崩溃,货币贬值,老百姓一时陷于水深火热之中,可以说是任何一个有良知的德国人不愿意看到的状况。但希特勒却从中看到了机遇,也使他暗暗下定决心趁国家混乱之际攫取政权。

　　事态的发展果然如希特勒预料的那样, 越来越多的人加入纳粹党,对于希特勒和戈林而言,这是一种可喜的局面。唯一不满足的是,在巴伐利亚以外,纳粹党始终作为一个名不见经传的党派,还没有形成一股占据绝对优势的政治力量。

　　为了改变这种现状,扩大纳粹党的影响,希特勒决定向柏林进军。对此,他已经有了一套全面的计划,首先将巴伐利亚所有反共和政府的势力统一在纳粹的旗帜之下,然后再想方设法取得其他武装团体和索洛夫将军的支持,众多势力会合之后,一举推翻柏林政权。

为了这一伟大目标的实现,希特勒和戈林开始了不知疲倦的奔忙,组成了一个名为"祖国战斗团体工作联盟"的组织,这个组织的成员除了纳粹党党员之外,还包括4个巴伐利亚的右翼武装团体,而希特勒众望所归地成为这个临时组织的领袖。与此同时,南方的一部分右翼团体又组成了"德国人战斗联盟",希特勒再次被推选为领导者。

形势一片大好,希特勒越发春风得意起来,开始发表了一系列顺应民意的演说,声称他们的目标是撕毁《凡尔赛和约》,推翻共和国,这一向是深得人心的言论,它使希特勒逐渐获得了越来越多的支持者。当然,最令希特勒感到意外和惊喜的收获是,在此过程当中,他获得了鲁登道夫的支持,作为一名狂热的民族主义分子,希特勒的很多言论与鲁登道夫的思想不谋而合,鲁登道夫在德国有着举足轻重的作用和非同一般的影响力,而在希特勒以后的政治生涯中,鲁登道夫在很长一段时间内始终站在他的身边。

在当时,由古斯塔夫·冯·卡尔、汉斯·冯·赛塞尔中校和冯·洛索夫中将三人执掌巴伐利亚大权。希特勒明白,想要夺取政权,必须取得这三人的支持。但这三巨头迫于外界的压力,并不倾向于和希特勒为伍。同时,三巨头告诫希特勒等人,究竟以什么样的方式行动,在什么时间行动,必须经过他们的同意,在此之前绝对不能轻举妄动。当然,面对希特勒,三巨头并没有一直采取这样强硬的态度。卡尔苦口婆心地劝道:"现在的政府让人失望,我们也希望建立一个新的民族主义政府,将原有的制度推翻,但在此之前,我们必须有一个经过深思熟虑的准备充分的计划,这样才能够确保我们的行动百分之百成功,也才能获得更多的支持者。"但希特勒对此不以为然,他觉得生活有时候正需要一种冒险精神,而三巨头简直太保守了,并且这世界上没有百分百的事情,在事情没有发生的时候,谁也不能预料到最后

希特勒四大爪牙·戈林

的结果。

　　与希特勒相比,戈林等人更是等得不耐烦了,戈林开始越来越频繁地催促希特勒尽快采取行动,否则他手下那班兄弟就要弃他而去了。希特勒也感到了事情的紧迫性,与其这样坐以待毙不如主动出击,经过一番商议后,他决定以武力制服三巨头,胁迫他们听命于自己。于是希特勒命戈林和罗姆伺机劫持三巨头。

　　两人接到命令后,便开始寻找下手的时机。按照希特勒的计划,在他们成功劫持了三巨头之时,便是全国革命开始之日,他们将以迅雷不及掩耳之势迅速占领巴伐利亚的主要城镇、火车站和市政大楼。

　　这是一个令所有战斗同盟的成员跃跃欲试而又激动不已的决定,为此,他们做好了充分的准备,并耐心地等待着。

　　机会终于来了。通过多方打探,戈林等人获知,几天之后,卡尔将举行一场集会,地点是毕尔格勒劳的大啤酒馆,届时,另外两名巨头也会参加。希特勒等人商定,一定要把握好这次机会,将三巨头一举擒获。

慕尼黑啤酒馆政变

1923 年 11 月的慕尼黑,清晨时分,天空布满阴霾,颇有"山雨欲来风满楼"之感,呈现出了一种蓄势待发的态势,似乎预示着一场大的变故即将要发生。

在街头,不知什么时候凭空多出许多纳粹冲锋队队员,他们头上戴着滑雪帽,手持各种器械,步履急促地在街头巡视着,各个主要路口都有全副武装的纳粹冲锋队队员把守,这一切为一向慵懒而随意的慕尼黑的街头平添了几分紧张。

而此时,作为冲锋队队长的戈林在哪里呢?一辆汽车从街头驶过,径直开进了城,戈林正坐在这辆汽车中,他头上带着钢盔,黑皮上衣闪闪发亮,越发显示出一种镇定自若的气度。

在上午 10 点左右,戈林筹划好了一切,向各支队队长下达了命令,布置好了所有武装事宜。

对于街头这一反常的情况,三巨头虽然已经有所耳闻,但他们显然低估了希特勒的胆量。他们气定神闲地去参加集会,料定希特勒不敢轻举妄动。直到他们来到啤酒馆时,卡尔望着眼前的一幕,心头才开始隐隐不安起来,啤酒馆里挤满了人,连过道上也人满为患,卡尔注意到其中有数百名穿警服的人,心中越发忐忑不安起来。

希特勒四大爪牙·戈林

卡尔悄悄地打听到,希特勒私下里请来了巴伐利亚所有的政界和军界名流。

正当三巨头惊愕之际,希特勒和"战斗联盟"的另一头子里希特赶来了,两人的神态看上去与往日并没有什么不同,虽然希特勒穿得不伦不类,他穿的黑色大衣的胸前挂着两枚铁十字勋章,这使他格外引人注目。但希特勒并没有采取任何的言行和举动,他在静静等待合适的时机。

又过了一会儿,一名冲锋队员分开人群,挤到希特勒面前,对他耳语了几句。希特勒知道时机已经成熟,戈林已经率领冲锋队中的精锐"阿道夫·希特勒突击队"赶到了啤酒馆,现在正在外面待命。于是,希特勒下令立即开始行动。

一时之间,啤酒馆内涌进一群荷枪实弹、头戴钢盔的冲锋队队员,人群中一片骚动,正在台上讲话的卡尔也惊慌起来,他双眼直直地望着眼前的一切,几乎说不出一句完整的话来。

就在刚从惊恐中缓过神儿来的人们想逃离这是非之地时,发现出口已经架上了一挺机关枪,黑洞洞的枪口,仿佛是地狱的入口,已经对这群惊恐万状的人们敞开。

生门已经关闭,死门洞开,绝望之际,人们感到身边的骚动,不约而同地回过头,向台上望去,只见希特勒提着手枪,在冲锋队员的簇拥下,一步步从容地走上了台。

此时,台下早已混乱不堪,希特勒举起手枪,对着天花板"砰"的开了一枪,人群立刻安静了下来。

"我亲爱的同胞们,全国革命已经开始了!"希特勒用他那富有感染力和穿透力的嗓音大声说道,"目前,这里已经被武装人员包围,任何人都不得离开半步,并且要保持安静,否则等待他们的将只有死亡。巴伐利亚政府和全国政府已经被推翻，临时政府已经成立了。"虽然在当时，有很多人怀疑希特勒说的是否属实，但面对黑洞洞的枪口，谁也不敢提出质疑。

控制住场面后，希特勒命令冲锋队员将三巨头押解到后台。而在大厅里，片刻的平静之后，立刻有几名胆子大的人开始叫嚣。这时，戈林走上了讲台，气势汹汹地命令台下的人老实点儿，但观众并不买他的账，因为他们并不认识这个年轻的纳粹党徒，直到戈林拔出手枪，向天花板开了一枪之后，台下才恢复之前的安静。

"大家不要惊慌，也不要误会，我们要对付的是让人厌恶的犹太人。陆军和警察部队正在举着旗帜来同我们会合，这是一件值得庆祝的事情。现在，喝你们的啤酒吧。"戈林望着几度受惊的观众好言安抚道。

戈林话音方落，果然有很多警察赶到了现场，一位警官径直走到戈林面前，请求他放了啤酒馆里这些无辜的人。戈林轻轻地摇头拒绝了他的这一请求，他必须等慕尼黑政治警察威廉·弗里克赶到时再作决定。而此时，在警察部里的弗里克和在另外一个啤酒馆待命的罗姆已经接到行动通知，罗姆一听到"安全交付"这句暗语，当即大叫一声，跳到桌子上，向手下的人员下达了穿过市区游行的指令。

此时，在毕尔格勃劳的啤酒馆里，希特勒和戈林正在一唱一和地劝说三巨头加入他们的行列。三巨头被这场突如其来的事件气得头昏脑胀，无论两人怎样大费唇舌，他们就是一语不发。希特勒耐心地晓之以情，动之以理，无奈三巨头始终不为所动。这样的场景不由使希特勒有些七窍生烟，他强压怒火，使出最后一招，附在三巨头之一的卡尔耳边说："如果你们同意合作，在将来你们将得到鲁登道夫将军的支持，他很愿意和你们一道组成新政府。"这对三巨头是一个不小的诱惑，接着希特勒话锋一转，恶狠狠地说道："如果你们偏要敬酒不吃吃罚酒，那么谁也别想活。现在我的手枪里

希特勒四大爪牙·戈林

一共有四颗子弹,三颗子弹送给你们,最后一颗留给我自己。"三巨头见希特勒大有鱼死网破之势,态度不由得渐渐软了下来,但也并没有给出明确的答复。希特勒气急败坏地让戈林看住这三个人,自己重新回到大厅,希特勒一出现,人群立刻呈现出一种前所未有的安静。

"我的同胞们,苦难的日子过去了,德国的历史将翻开崭新的一页,巴伐利亚政府已经被推翻,德国总统和总理都已经被解职,三巨头也同意了与我们合作,我想这无论对于他们本人还是对这场革命都不失为一个明智之举,我们胜利的进程将因此大大缩短。"

"与此同时,我提议由我接管国家临时政府和政治领导权。"这句才是希特勒这次演说的重点,说完之后,他细心留意着台下人们的反应,并没有从人们的表情上看出有什么反对的意见,片刻之后,有很多的人开始鼓掌,掌声越来来大。

希特勒对此非常满意,趁机进一步提议由洛索夫和赛塞尔指挥帝国的陆军和警察。见人们并没有对此表示异议,希特勒便把三巨头带了出来,人们以为三巨头已经和希特勒合作,不由一阵欢呼。希特勒望着眼前的情景非常得意,悄悄对三巨头说:"既然人们都为我们的合作欢呼,还是不要违背民意吧!"三巨头见状只得违心地敷衍了一番,正在这时,鲁登道夫来了,希特勒急忙迎上前,但鲁登道夫并没有响应希特勒的热情,他看上去十分生气。因为希特勒之前答应过由他来担任国家元首,但就在刚才,希特勒当着众人的面违背了自己的诺言。然而希特勒对此并不介怀,对他而言,只要鲁登道夫这一有着非同一般影响力的人物,能够出现在公众的视线内,其他的事情并不是很重要。

没过多久,又传来消息,火车站和电信局已经被高地联盟部队控制住了。听到这个消息,希特勒不由得欣喜若狂,日思夜想的革命终于成功了,这成功来得似乎太容易了,一时之间,他的激动之情溢于言表。

人们往往愿意相信对自己有利的事情。激动之余,希特勒再次向人们发表了精彩的演说,然而具有讽刺意味的是,他的演说刚刚结束,便有人向他报告说,高地联盟的人在陆军工兵队营房同正规军发生了冲突,希特勒闻言大惊,将啤酒馆里的事情交给了鲁登道夫,他自己则和戈林急忙赶去查看情况。

等希特勒平息了事端回来时,令他意想不到的事情发生了,鲁登道夫竟然将三巨头放了,这使他非常气愤和失望。与此同时,更糟糕的消息传来,之前他听到的很多报告都是虚假的,包括电信局在内的很多战略要地都没有被控制,没能占领电信局,这一结果是希特勒最为忧虑的,接下来事情的发展果然如他忧虑的那样,政变的消息很快传到柏林。而国防部长要巴伐利亚驻军镇压政变的命令,顺利地由电报局传送到了驻军手中。

坏消息一个接一个的传来,罗姆带领的冲锋队员被军队包围了。而成功逃脱的三巨头通过电台向全国发表了新闻公报,声称希特勒暴动必将遭到谴责,而他们在啤酒馆发表的言论是在希特勒的胁迫下不得已而为之,因此是无效的。

希特勒一时陷于四面楚歌的境地,势态的发展令他万分沮丧,这时戈林提议将部队撤到罗森海姆。但鲁登道夫和希特勒对此都持反对意见,鲁登道夫提出鉴于自己曾经的功绩和影响力,德国的警察和士兵一定不会对他开枪,对这一点他有十足的把握。因此他愿意随同希特勒一起前往,去占领那些重要据点。

希特勒虽然对此存有疑虑,但眼下已经没有别的选择。

"这听起来是个不错的主意,"希特勒故作轻松地说道,然后吩咐戈林将冲锋队员和步兵士官生集合在啤酒馆门前,接着,希特勒发表了一番即

希特勒四大爪牙·戈林

兴演说：

"目前我们正处于黎明前的黑暗，希望大家能够团结一致，民主革命胜利的时刻即将到来……"希特勒以其天生的富有煽动性的语言，成功调动起了这些人的积极性。

"我们应该绑架一些人质，这样才能确保我们的安全。"戈林提议说。

希特勒对此深表赞同，三人当场拟定了计划，在上午11点的时候，戈林带着突击队员冲进市政办公大楼，绑架了市长和9名社会党人，将这些人像押解犯人一样押解到希特勒面前。希特勒望着这十人，心中十分得意，走到他们面前："市长先生，很久以前就听说过您的大名，这次我们是遇到了非常麻烦的情况，才不得已麻烦您随我们走一趟。"希特勒说话时脸上始终带着笑容，末了，又将眼光向另外九个人投去："希望大家能够配合我们，只要我们的目标一实现，你们就恢复自由了。"紧接着，希特勒便和鲁登道夫、戈林带领冲锋队员和士官生向军区司令部出发了，罗姆等人还困在那里，这是希特勒不愿看到的局面，因此他希望通过这种方式能将这一行人解救出来。由两名全副武装的冲锋队员高举着纳粹党旗走在最前面，大街上，浩浩荡荡的这一行人分外引人注目。

就在他们刚刚走出几百米，快要到达路德维希大桥时，希特勒发现前方已经形成警戒线，十几名身穿制服的警察端着枪正来回巡视着，望着走近的一行人立刻提高了警觉。

"什么人，你们是干什么的？"一名为首的警察道。

"别开枪！如果你们开枪，首先倒下的是他们。"戈林说着将之前劫持的一名人质一把推搡到面前，那些人不由得一惊，他们当然认识大名鼎鼎的市长。一时之间谁也不敢轻举妄动，就在这些警察面面相觑地愣神儿的时候。狡猾的希特勒朝身后一挥手，冲锋队员们立刻会意，一窝蜂地冲过了警

戒线。

过了警戒线之后,希特勒带领着大队人马继续前进,浩浩荡荡的场面非常壮观,很多支持纳粹的市民也纷纷加入了进来,一路行来,希特勒的队伍迅速壮大。看到自己在市民中有如此大的影响力,希特勒非常得意,但他嚣张的气焰很快便低落了下去。因为往前走了没多久,希特勒便再次看见令他头疼的一幕,大约有100多名警察拦住了去路。这样的场景,希特勒心知想要镇住这么多警察,光凭那9名人质,恐怕分量还不够,该怎么办呢?虽然他并不惧怕与这些人发生械斗,但不到万不得已他也不愿看到这样的场面。就在那些警察喊话之前,希特勒忽然灵机一动,想到了身边的鲁登道夫,他学着戈林的样子,一把将鲁登道夫拉到队伍前面,对那些警察喊道:

"不要开枪,我劝你们还是投降吧,鲁登道夫将军与我们在一起。"

原本以为这句话即使无济于事,也能起到暂时延缓冲突的效果,这样他们就可以让刚才那一幕重新上演,在这些警察反应过来前冲过警戒线。但事实却事与愿违,那些警察不但不为所动,反而下令立即开火,一时之间枪声大作,场面乱作一团,完全失去了控制。

此时的戈林手持一把勃朗宁手枪向对方猛烈开火,作为一名优秀的军人,他的枪法就像他的飞行技术一样,很少有人能够比肩。戈林眼见几名警察在自己的枪口下倒了下去,忽然,他感觉自己的大腿一热,紧接着,一行灼热顺着腿部缓缓地流下去。这样的情况,戈林很清楚发生了什么,他在心中暗骂了一声:"该死,怎么这么快就中弹了!"这一枪伤得不轻,戈林很快便觉得随着血液的不断流失,身体变得虚浮而沉重,就连眼前的景物也渐渐模糊起来,仿佛天和地都在剧烈地晃动,耳畔的厮杀声也渐渐渺远,终于,他"噗通"一声仆倒在当街,倒在那些刚刚死去的身体还温热的冲锋队员的旁边。

希特勒四大爪牙·戈林

一切如同一场暴风雨一般，来得猛烈，去得也迅速。在戈林倒下后没多久，枪声很快便停息了，只剩下街道上横七竖八躺着的很多死伤的人，有警察，也有希特勒的手下，而那些幸存下来的人则开始像四面八方溃逃。一转眼，希特勒的队伍便七零八落，但有一个人却没有逃，他便是鲁登道夫，从枪声响起到结束，他一直都很镇定，至少表面上没有流露出一丝惊慌的神色，他始终高高挺起胸脯站在那里。

空气里充斥着还没有散尽的硝烟的味道，那些训练有素的警察们很快安置好死伤的同伴，神色庄严的重新拉起警戒线，端着枪，一排黑洞洞的枪口对着意图侵犯他们的人。而此时，一直站在原地的鲁登道夫忽然迈出了脚步，一步步向这些警察走去，他目光直视，神色庄严，他的举动使对面的警察们惊疑不定，刚才他们已经从希特勒口中知道他是鲁登道夫，所以不敢轻易开火。再一看，鲁登道夫是单身一人，而且没有带任何攻击性的器械，不由放松了警惕，任由他畅通无阻地通过了警戒线。

而此时的希特勒在哪里呢？他正在一所风景优美的乡间别墅里，一边和一名纳粹党徒聊天，一边悠然地品着红酒。如果那些牺牲的冲锋队员能够看到这一幕，一定会后悔不已，这就是那个一向在他们面前滔滔不绝，将自己塑造成一个为了革命视死如归的伟大的精神领袖，关键时刻，成了第一个抱头逃窜的鼠辈。

枪声响起时，希特勒的神经立刻随着"砰！砰！"的枪声绷紧了，他迅速反应过来，撒腿向街边奔去。没想到赶上这样的好运气，刚好一辆汽车驶过来，希特勒挥舞着双臂，拦下汽车，拉开车门，一屁股坐了进去，这一连串的动作只在瞬间完成。真让人难以想象这个身材略有些单薄的青年人竟有这样敏捷的身手！终于脱离了警察们的射程，惊魂未定的希特勒不由得长舒一口气。之后，按照希特勒的指示，司机马上发动了车子，向乌芬驶去。司机一边开着车,一边愉快地吹着口哨,他的心情不错,因为坐在身边的男人答应出很高的价钱。

　　战争是一把双刃剑,在伤害别人的同时,也会伤及自己。而在这场激烈的冲突中,希特勒的十几名冲锋队员阵亡,另有几名警察阵亡,双方还有几十人受伤。不能否认,对于希特勒一伙人而言,这是一种悲惨而毫无意义的结局,他们白忙了一场,最后没捞到半点儿好处。如果一定要说有什么收获的话,那便是通过这次的事件,希特勒和鲁登道夫深刻地认识到他们的同盟是何等的脆弱,使希特勒在以后的行动中更加谨慎。

希特勒四大爪牙·戈林

遇到好心的犹太人夫妇

硝烟散尽的街道上,到处是横七竖八的尸体和伤员,空气里弥漫着一股浓重的血腥味儿。

戈林双眼紧闭,静静地躺在那些尸体中间,他的脸色苍白,嘴唇发紫,但从外在表象上,很难断定那是一具尸体,还是一个昏迷不醒的人。这时,戈林的两名手下发现了他。

"哦,上帝!"他们叹息着将戈林的身体轻轻抬起。接着,两人动作麻利地急奔附近的一家诊所。

这是一家规模不大的诊所,因为所处的地段较偏,所以并没有像很多市中心的医院那样呈现出一种人潮爆满的现象,因此那两名冲锋队员抬着戈林很顺利地进了诊所。

"医生!医生!"其中一名冲锋队员一进门便焦躁地大叫道,他的声音在原本很安静的诊所里显得分外突兀,几名患者的家属皱着眉头向他们看过来。与此同时,一位上了年纪的医生模样的人走过来,他的鼻梁上架着一副金色边框的眼镜,看上去似乎有很高的职业素养。

没想到这名医生走到三人近前,还没来得及仔细查看戈林的伤势,一眼便看到那两名冲锋队员身上穿的制服,他们的腰间还插着枪,这名医生不由身体一震,先前镇定而慈祥的神色很快一扫而光,脸上流露出一副避

之唯恐不及的神情,冲两名冲锋队员连连摆手:

"看在上帝的份儿上,请你们赶快离开这里。"

两名冲锋队员这才开始反应过来,自己还没有卸下这一身装备,眼下虽然对这名医生的态度极为恼火,但不得不控制住自己的情绪,毕竟救人要紧。

"求求您,他伤得很重,如果不马上医治的话,恐怕就活不成了。"一名冲锋队员恳求道。

"说实话,我可不想引火烧身,况且,你们这副样子会把我的那些患者都吓跑的。"医生用毫不客气地语气说道,言谈神色间,似乎丝毫没有商榷的余地。

任两名冲锋队员说尽了好话,医生始终不为所动,正当双方僵持不下的时候,楼梯上传来一阵轻微的脚步声,伴随着脚步声走下楼的是一名犹太老妇人,她听到楼下的争执便走下来一探究竟,老妇人饱经沧桑的脸上布满慈祥的皱纹,站在楼梯上停顿了几秒,待看清眼前的情况后,便慢慢地径直走了过来。

"看样子伤得不轻,他可真够可怜的!"老妇人叹息着说道。

两名冲锋队员见状,连忙向这位慈祥的老妇人求助。

待老妇人听说医生要将这位伤得很重的病人赶出去之后,她不由得埋怨了医生几句,然后不由分说地让两名冲锋队员将戈林抬到自己在二楼的家中。

这名老妇人叫伊尔莎·巴林,是一名犹太家具商人的妻子,为人十分善良,这次多亏了这名老妇人的细心照料,老妇人虽然不懂医术,但至少戈林的伤势得以暂时控制住了。期间戈林始终都没有苏醒过来,因为他伤得实在太重了,子弹穿透了他的腹股沟,离动脉只有几毫米远。老妇人一直守在

希特勒四大爪牙·戈林

戈林床边,望着戈林躺在床上昏迷不醒的样子,她心中的焦灼程度一点儿都不比那两名冲锋队员轻,并且她和他们一样心有余而力不足。

好在没过多久,老妇人的丈夫回来了,在了解了情况后,老夫妇俩商量了一番,决定将戈林送到好朋友阿尔温·里特尔·冯·阿赫教授开的门诊。

在阿赫教授的诊所里,戈林的病情得到了很好的治疗。一切安定下来后,两名冲锋队员立即将戈林负伤的消息告诉了卡琳。卡琳一听说这件事,便匆匆忙忙赶到了诊所,坐在戈林的床边,拉着他的手,默默垂泪。

苏 醒

或许是生命里至亲至爱的人之间的感应吧。此时,躺在病床上一直处于昏迷状态的戈林竟然有了轻微的反映,眼睛虽然没有睁开,但眼睑下的眼球却有稍纵而逝的滑动。

卡琳正低头暗自垂泪,自然没有捕捉到这一信息,直到感觉握在自己手里的戈林的手轻微地向外张了一下,她不由又惊又喜,停止了啜泣,忙抬眼去查看戈林的反应。

终于,戈林慢慢睁开了眼睛,视野也随之渐渐清晰起来,看到坐在自己面前的卡琳,他的眼睛不由得瞬间有了光彩,望着这张他日思夜想的脸,他想起两天前自己在街头中弹倒下、失去意识的前一刻,脑海里浮现的便是这张脸,带着淡淡的温雅的笑容。

此时,一睁眼就看见自己心爱的人儿,戈林心中有种难言的幸福和满足。而卡琳正无限深情地凝视着他,梨花带雨的脸上同样流露出一种难言的喜悦,那是一种失而复得的惊喜。

"哦,亲爱的赫尔曼,我真希望我能代替你承受这样的痛苦。"卡琳小声说道。

戈林并不急于回应卡琳,他的第一反应是转动眼球,环顾了一下四周,开口道:"这是哪里?"

希特勒四大爪牙·戈林

"这是阿赫教授的诊所……"卡琳说着将事件的前后经过都讲述了一遍,戈林方才明白,几乎没有医院愿意收留他,是一对老夫妇将他送到这家诊所,才救了他的命。

当戈林得知那对老夫妇竟是犹太人时,一时心中涌起千般滋味,想自己一向对犹太人充满了敌视和仇恨。没想到最后,竟是被犹太人救了自己的命。

但感激归感激,戈林一向将理智和情感分得很清楚,不会因为一对犹太人而改变对所有犹太人的看法。在他的价值观里,没有什么比个人的权势和名誉更重要,没有什么比一个国家和民族的利益更重要,所以日后,当他面对那一群手无寸铁的、无辜的犹太人时,他依然能够毫不留情地举起手中的屠刀。

"这次政变失败,完全在我的意料之外,怎么会是这样的结局?"戈林望着天花板自言自语道,他当然没有预料到会是这样的结果,在他的心目中,他们伟大的精神导师希特勒无所不能。

"这真愚蠢,失败是一件让人感到耻辱的事情!"戈林躺在病床上,几乎有些咬牙切齿地咒骂道。

卡琳担心这样的情绪波动不利于病情的恢复,忙安慰道:"一切都过去了,况且,亲爱的,你已经尽力了,不必为此自责或者感到羞耻,我们还可以重头再来。"对于戈林而言,卡琳的话一向是最好的镇定剂和抚慰心灵的良药,他很快释然了,喃喃地道:"混蛋,等着瞧吧!"

"政变失败了,当局一定在四处搜捕纳粹党,所以我们现在的处境一定很危险。"

此时,戈林已经彻底恢复了理智和清醒,意识到眼下的情况是很严峻的。

"啊？"卡琳显然没有想到这一层，她望着戈林，眼神里有轻微的讶异。

"别担心，亲爱的，你喜欢玩游戏吗？我觉得我们现在应该和他们玩儿一场捉迷藏。"戈林说着，眼里流露出一抹狡黠的笑意，他并不为自己目前的处境而忧虑，在他眼里，这不过是一场猫捉老鼠的游戏，而他一向喜欢刺激和冒险，喜欢和敌人斗智斗勇，如果不是如此，他真不知道自己那过于旺盛的精力和非凡的心智要往哪里发挥。无论是智力还是体力上的，总之，无穷无尽的争斗使他找到了自己的用武之地，他也一直坚信，终有一天，战争将送他抵达辉煌的顶点。

希特勒四大爪牙·戈林

逃离失败

　　待戈林的病情有了进一步的好转之后,卡琳便开车载着戈林向距离慕尼黑70英里远的帕腾基兴驶去。戈林高大的身躯蜷缩在车里,他的伤口还没有完全恢复,因此,行动上并不是很方便。戈林坐在车内这方狭小的空间里,他心中也不由得涌起一丝多愁善感的情绪,原本以为结识希特勒之后,自己终于找到了用武之地,事业会迅速上升至巅峰。没想到一切都是那么的短暂,他们共同的事业在平稳向前运行了一段时间之后,迅速跌至低谷。这样的起落,似乎太急遽、太突然了。人生苦短,昔日那个天空中叱咤风云的王牌飞行员,一转眼却要如此狼狈地出逃,命运真是一个神奇的东西,充满了让人难以想象的变数。

　　想到此,戈林的嘴角不由浮现出一丝淡淡的苦笑。可是这一切又有什么关系呢?虽然眼下他狼狈出逃,前景黯淡,但他的内心已经足够强大,对权势的渴望和追逐能够使他战胜一切困难。他相信自己的命运不由别人操控,而终有一天,他将掌控成千上万人的生死。汽车一路颠簸着前行,牵扯得伤口丝丝缕缕的疼,但戈林并不以为意。沿途风景白驹过隙般一闪而逝,在戈林的指引下,卡琳稳稳地操纵着方向盘,一路疾驶,径直将车子开到一栋优美而精致的别墅旁才停了下来。这是一栋巴洛克风格的建筑,华美而不失庄严,又有几分神秘的意味,别墅附近有一个天然的湖泊,几只黑天鹅

在那里游弋,周围长满茂密的棕榈和高大的橡树,偶尔一两只松鼠在期间
窜来窜去。

"真是一个休闲、度假的好去处!"戈林高大的身躯一钻出汽车,便望着
周围的景致感慨道。

"这里真是不错。"卡琳一边微笑着说道,一边挽着戈林的臂弯,两人沿
着大理石的台阶一步步拾级而上。白色的大理石上偶尔有一两片青黄的叶
子,增添了几分萧瑟的美感。

刚走到门口,一个男人便满面笑容地迎了出来:"见到你们真高兴,来,
我们上去一起喝一杯。"说着便在前面带路,将两人引进了自己的别墅。

这个男人便是勒·凡·克里肯少校,是一名荷兰人,素来与戈林交好,对
纳粹党一直抱有一种理解和支持的态度。三人上了楼,卡琳依旧挽着戈林,
两人在宽敞而奢华的房间里四下打量了一番,不由得对房间内的装潢啧啧
称赞,然后在一张大理石桌前坐了下来。这时克里肯少校已经倒好了三杯
上好的红酒,空气里若有似无的淡淡酒香弥漫开来,卡琳望着透明的高脚
杯里恍漾着的绯红色液体,感到自己的心情好极了,品着红酒,再次对克里
肯少校的这栋别墅由衷地赞美了一番。

"您喜欢这里,我非常高兴,但很明显,你们不能久留此地。"克里肯少
校说道,笑容里带着几分遗憾的味道。卡琳闻言眉毛微微扬起,一时没明白
他话中所指。

"鉴于目前的局势来看,只要我们还在德国,就没有任何一处是绝对安
全的,我们必须想办法尽快逃离这个是非之地。"坐在一旁的戈林冷静地分
析道。

"关于这件事,或许我能帮上忙。"克里肯望着面前不乏忧虑的这两个
人,自信地说道。戈林闻言不由眼神一亮,似乎看到了希望。

希特勒四大爪牙·戈林

接下来,克里肯按照自己的计划发布了两份阵亡者名单。名单上,赫尔曼·戈林的大名赫然在列,并且是排在第一位。克里肯以为这样便可以蒙过那些警察,然后让戈林神不知、鬼不觉的暗度陈仓,虽然克里肯看上去似乎对此有十足的把握,但戈林却捏了一把汗。后来事情的结果果然像戈林所担忧的那样,警方并没有上当,因为他们一直也没有找到戈林的尸体。这次的事件,使他们更加坚信戈林还活着,于是马上签发了有关戈林的逮捕令,帕腾基兴警察所的迈尔中尉给米腾瓦尔德的边境站打了电话,表示如果戈林在那里出现一定立即逮捕。事实证明,这种担心并不是多余的,没过多久,戈林果然出现了。

大约是夜里 10 点左右,一辆汽车从公路驶来,车上有四个人,一对夫妇、一名医生和一个司机,汽车行到边境站时,按规定停了下来。

"很抱歉在这样美丽的夜晚打扰你们,请出示你们的护照。"一名值班的海关人员走过来说道。

"这的确是个不错的夜晚!"坐在汽车里的一个身材高大的男人说,夜晚的空气很清新,似乎带着点儿淡淡的露水的味道,男人一边说着一边将自己的护照递给海关人员。

"弗劳·戈林,哦,真见鬼!"那名海关人员念着护照上的名字,脸上流露出一副若有所思的神情,好一会儿,他才终于想起了什么似的:

"您是慕尼黑那位顶顶大名的戈林上尉吗?"海关人员说道,同时,他有点儿紧张地瞟了一眼汽车里的其他人,心中默默祈祷着这不是事实,否则,这四人加一块儿,对付起来可真够麻烦的。坐在汽车里的男人望着眼前这名年轻的海关人员,但笑而不语,半晌才缓缓地道:"您看我像吗?"

这一很简单的反问句,显然使这名年轻的海关愣住了,他的脸上带着惊疑的神色,嘴巴半张着,却半晌没有说出一个字,眼前这带着意味深长的笑容望着他的男人,让他摸不清底细,他的言谈神色无懈可击,使他丝毫也猜不出任何端倪,唯一可以肯定的一点是,这人即使不是那个大名鼎鼎的戈林上尉,也绝对是一个定力十足的家伙。当然,任何事情都要讲根据,绝不能凭着自己一时的想象而轻易下结论,情急之下,这名海关将眼光投到那名开车的司机身上,希望能够从他那里得到答案,司机很快领会了他的意思,随口淡淡地道:"我也不知道,但我觉得他不是。"

因为是深夜,路上很少有车子和行人经过,周围的一切显得很静谧,而在这静谧中似乎又蕴藏杀机。现场的五个人都不再说话,气氛一时凝固了一般,海关人员一时拿不定主意,看看手上的护照,又看看戈林,最后终于作出决定,冲身后一招手,另一名一直在附近的海关人员便向这边走来。

"很抱歉,你们的汽车不能通过,因为我觉得你们形迹可疑。"说着,这名海关人员又转过头对走到近前的另一名海关人员说道:"你去通知警察,哈里,越快越好!"

见此情景,车上的四个人全都不由得倒吸一口凉气,"完蛋了!"刚才一直气定神闲地与海关周旋的那个男人终于撕下了自己的面具,喃喃地咒骂了一句。

没错,这名男子的确是赫尔曼·戈林,汽车上的另外三个人分别是维格斯疗养院的迈尔医生、纳粹冲锋队的队员弗朗茨·坦纳,亦即是刚才那名司机,至于汽车上的那个女人,除了卡琳,不可能是别人。

很快,警察便赶来了,经过短暂的盘问之后,戈林便被押回了加米施。期间,戈林一路无话,感觉这是继上次政变失败后,生活再次跟他开了个玩笑,但一个人如果接连倒霉的话,多半他也很快要走运了,想到这一层,戈林嘴角浮现出淡淡的笑意,觉得一切的阴霾和失败都是暂时的,相信希特勒也不会就此罢手,迟早他们要卷土重来。

希特勒四大爪牙·戈林

汽车抵达加米施警区的时候，一名当地的警官正在等候他们，看见戈林夫妇从汽车上下来，忙走上前，很礼貌地和戈林握手："如果不是这次的事件，我想我很难见到像您这样的人物，对我来说，这真是一件幸运的事情！"此时，原本心情有些沮丧的戈林，望着那名警官，越发感觉他脸上的笑容像是幸灾乐祸，于是没好气地随口敷衍道："我也很高兴见到您。"

那名警官显然没有领会到戈林的语气，很高兴地说道："如果您愿意，可以在加米施疗养院住下，但是要接受我们的监督。"

"真的吗？"还没等戈林反应，卡琳有些惊喜地叫道。

"当然是真的，夫人，我想这对他还没有完全恢复的枪伤是很有帮助的。"警官说。

"您知道的可真多，远比我想象的要了解情况。"戈林脸上带着几分嘲讽的笑，他一向精明而理智，并不认为那名警官会有这样的好心，紧接着他一语中的反问道："你不马上逮捕我，是因为逮捕令还没有抵达吧？"

听了这句话，那名警官有些尴尬地笑笑，然后为自己辩解道："当然，但这并不是我的本意，如果我能做主的话，随便您想去哪儿"。

接下来，那名警官便亲自开车将戈林夫妇带到了维格斯疗养院，安排好一切后，警官临时有些事情要处理，临走之前，他凑到戈林面前，盯着他的眼睛说："我说，您不会趁机逃跑吧？"

"怎么会？"戈林带着满脸的无辜真诚地说道，"如果是一般人，这样的故事再正常不过。但你要知道，现在在你面前的是一名上尉，是里希特霍芬战斗机大队的队长，虽然这已经是过去的事了，但我向您保证，他绝不会这么做的。"

"很好！"这名警官显然对戈林的回答很满意，放心地办自己的事去了。

再次成功逃离

事实很快证明了警官的愚蠢,一个小时后,当他赶回来时,戈林夫妇早已无影无踪。那名警官气得七窍生烟,对着空空如也的房间气急败坏的大骂起来。同时,他怎么也想不明白戈林是怎么在重重监视下成功逃走的。

其实这一过程并不复杂,甚至可以说是非常简单而巧妙。以戈林的性情,他根本不耐烦等候逮捕令,也讨厌任何形势上的束缚,只想到自己想到的地方去。因此在来疗养院之前,他就暗中吩咐弗朗茨·坦纳,让他想办法把车开回去,在疗养院后面等候。为了不惊动别人,坦纳将车子熄了火,在其他几名高地联盟队员的帮助下,将车子推到了后门,接着,几个人又七手八脚地悄悄将戈林抬了出来,放在车上,然后发动车子,向米腾瓦尔德边防站方向疾驶。此时,慕尼黑方面已经用电话下达了有关戈林的逮捕令,因此,边防站早已筑起了带条纹的拦路杆,车子还没有到近前,戈林等人便看到了这一情况。

"该死,看来我们只能硬冲过去了!"戈林道。

于是,坦纳按了按喇叭,声音急促而刺耳,几个守卫在那里的岗哨立即好奇地朝这边张望,但在他们反应过来之前。坦纳已经猛踩油门,一下子冲了过去,汽车很快到了奥地利境内,戈林又拿出一本假护照,这次很幸运地蒙混了过去。他们在一处小饭店落脚后,坦纳按照戈林的指令又迅速赶回

希特勒四大爪牙·戈林

去接卡琳。

一切就像戈林之前所想的：一个人如果接连倒霉的话，那么他一定也离走运不远了。这次的事情进展得很顺利，戈林很快与卡琳相聚。在接下来的一个星期天，他们一起驱车赶往因斯布鲁克，住进了当地一名纳粹同情者办的宾馆。

而相比之下，希特勒就没那么幸运了，当时与警察发生冲突的时候，他成功跳上一辆汽车，逃到了乌芬的乡下。在那里，他在享受优美的田园风光的同时，暂时躲过了警察的搜捕；但两天之后，就在这所乡间别墅里，希特勒被捕了。

尽管在接下来的审判中，希特勒巧舌如簧地为自己辩解，但鉴于这次事件所造成的影响，他最终还是没能逃脱法律的制裁，被判处五年监禁。

死亡其实并不可怕，真正可怕的是没有自由的生活。不知希特勒在听到这样的宣判时心中作何感想。事实上，这次希特勒在监狱中只待了八个月。一些人似乎总能在逆境中看到机遇，希特勒就是一个这样的人。在这八个月里，他口述了《我的奋斗》一书，这本书是他心中澎湃着的激情以及熊熊燃烧的野心的真实写照，同时也为纳粹治下的未来德国描绘了一幅令人震惊的蓝图。

虽然这次啤酒馆政变最终以失败结束，但却为纳粹党徒们上了重要的一课，希特勒和戈林等人都从中吸取了重要的教训。这次政变使他们变得更加聪明而狡猾，他们充分认识到，依照德国目前的形势，想要靠发动政变夺取政权是愚蠢的。只需要将国内的局势搅得更糟，就会有越来越多的人对现有的政权不满，要求推翻现有政权，改由国家社会主义者统治，到那时，他们便可从中渔利。

第六章

舛境挣扎

流亡生活

　　通过那些纳粹的同情者,戈林在卡琳的陪伴下逃出了德国,开始了奥地利的流亡生涯。尽管没有坐牢,但是枪伤没有得到及时医治却给戈林带来了肉体上的痛苦,让他的身体不再像以前健康。

　　卡琳怕戈林的伤情出现什么问题,就将他送进了一家医院,为了减轻戈林的痛苦,医生给戈林注射吗啡,每一天都注射吗啡的结果让戈林染上了毒瘾。

　　奥地利也有不少人很同情纳粹者,当这些人知道戈林在奥地利的一家医院时,都来看望他,给戈林夫妻俩带来了生活的必需品。

　　虽然是流亡在外,并且缠绵于病榻之上,但是戈林还是让卡琳找来德国的报纸,从报纸上的只言片语了解德国的情况,了解希特勒和其他纳粹分子的情况。戈林不知道这样的日子什么时候是个头,因此有时候,他会对卡琳发脾气,但是过后当他冷静下来,就会对卡琳道歉。

　　窗外的树上铺着一层白雪,天灰蒙蒙的,看起来还是要有一场降雪。现在,戈林的心情同窗外天空的颜色是一样的,灰蒙蒙的,看不见尽头。戈林已经厌倦这种逃亡生活了,这一天,他从报纸上看到这样一条消息,就是鲁登道夫被释放在家里准备候审。

　　在没有尽头的道路上只要发现一点机会,就能带来意想不到的惊喜。

戈林从鲁登道夫的消息上看到了自己的机会，他马上给鲁登道夫写了封信，信中除了表明自己对纳粹党的忠心外，还询问自己向哪里的警察自首好，这样是不是能保住党的利益。

鲁登道夫很快就给戈林回了信，他在信中告诉戈林：你千万不要回到慕尼黑，这里戒备森严，正等着你自投罗网。你不要去自首，因为你没有被逮捕将会给党带来更大的好处。接到鲁登道夫的回信，戈林的心情没有好起来，因为鲁登道夫说他在外面会有"好处"，但是到目前为止，他不仅没有看到任何的好处，就连以后的生活都可能出现困难。

戈林变得消沉起来。看着这样的戈林，卡琳心痛万分。她感觉戈林变了，变得是如此的陌生，有时候一天连一句话都说不上，只是呆呆地看着窗外，他整个人都沉浸在无望的痛苦中。

终于，戈林出院了，虽然伤还没有痊愈，但是他还是执意离开医院。

戈林带着妻子搬进了一个饭店。因为是年末，各种节日都聚集到了这几天，很多人都不出来了，所以平时热闹的饭店现在是如此的冷清。戈林行动还是很不方便，因此他只能待在房间里，站在窗户前看着外面的景象。幸运的是卡琳还在他身边，并且不时地安慰着他。看着沮丧的戈林，卡琳不断地想着新鲜话题，试图吸引戈林的注意，让戈林高兴些。但是效果不仅不明显，反而更让戈林心烦意乱。

架着拐杖，戈林开始在房间里来回走着，就像是一头被关进笼子里的狮子，焦躁万分，想要冲出这牢笼，却没有办法。

奥地利的纳粹分子找到了戈林的住处，在圣诞节的这一天来看他。戈林打起精神，和这些纳粹分子谈了工作，尽管他自己还不知道要做什么。但是他还是对这些纳粹分子进行教导。正在说话期间，一名纳粹分子突然对戈林说："我接到德国国内的消息了，你放心，希特勒不会被起诉，因为很多

像我们一样支持纳粹党的人正在想法设法地营救他，或许可以无罪释放。"

　　已经很晚了，这些来看望戈林的人陆续离开了。当他们都走了之后，戈林沉思了一会儿，然后对卡琳说："我还是不相信希特勒能被无罪释放。"

　　看着有些憔悴的戈林，卡琳劝说："不管怎么样，如果不能回德国了，那就一起回瑞典吧。总不能在外边过这样的日子！"

　　戈林想了一下，同意了卡琳的意见，如果不行，就回瑞典。因为戈林想要回的德国必须是具有强烈民族主义精神的德国，如果是其他形式的，那就不要回去了。

　　过了节，时间就进入到了 1924 年，在这一年的年初，戈林询问了很多人，终于知道希特勒被关在什么地方了，并且见到了希特勒的辩护律师。戈林对希特勒的辩护律师提出要求，希望律师能够将希特勒的情况随时转告给他。律师同意了戈林的要求。

　　很快地，对希特勒的审判在 2 月末的时候开始了，在 26 日的这一天，远在奥地利的戈林是坐立难安，他精神极度紧张，手都在颤抖。一会儿在房间里走来走去，一会儿就坐下翻看随手拿起的一本书，一会儿又看看时钟，有时候是沉默不语，有的时候则是莫名大笑。

　　作为戈林的妻子，此时的卡琳只是默默地守护在戈林的旁边，她知道，戈林在为希特勒的将来紧张，心里充满了惶恐和不安，因为这也会影响到他的未来。戈林清楚地知道，按照德国的法律，希特勒要被判成无期徒刑，要是那样，自己这一辈子注定是一个流亡者，不仅不能回国，还有可能成为一个被引渡的逃犯，在惊恐和逃亡中度过余生。

　　世上没有后悔药。此时，戈林开始对自己贸然加入纳粹党感到了后悔，他怨恨自己当初的冲动，但是他只能在心里想，不能将这样的想法在脸上和行动上表现出来，因为他的周围都是纳粹分子或者忠心追随在希特勒后

希特勒四大爪牙·戈林

边的人。

如果不是这些人，他和卡琳此时面对的将是流落街头。戈林很清楚，现在的这个饭店里，从经理到侍者都是奥地利纳粹党的冲锋队员，他们对自己这个来自纳粹运动起源地，并且是冲锋队的长官可是万分的崇敬，所以照料自己和卡琳才会不遗余力。

饭店的名气很大，本来是没有折扣的，而且必须是现金支付。但是自己在慕尼黑的银行账户已经被封，一分钱都取不出来。因为对自己的崇拜，饭店经营人不仅在费用上给自己打折，还让自己用支票结算。不管自己以后作出什么样的决定，至少现在能做的只有等待，等待希特勒接受审判后的最后结果。

这是一段非常难熬的日子，因为充满了不确定的因素。两个月后，戈林终于等到了关于希特勒的最新消息，就是他被判 5 年徒刑，服刑地点在德斯堡旧炮台监狱。因为在审判前希特勒已经被拘留了 6 个月，所以刑期减少半年，而且在服刑 6 个月后，希特勒有资格申请假释。

这样的消息让戈林和卡琳松了一口气，并且有些兴奋，因为在他们看来，当希特勒被释放出来后，还会继续从事他的事业。最让戈林感到高兴的是，自己没有追随错人，因为即便是接受审判期间，希特勒用他的口才聚集了一批支持他的人。生活是如此美好，在戈林眼里，一切都变得生动、灿烂起来。

虽然希特勒进监狱服刑，但是远在奥地利的戈林还是想办法和希特勒取得了联系，他接到了希特勒给他下达的最新指示，就是任命他为纳粹党的全权代表，并且以代表身份到罗马去见意大利的独裁者墨索里尼，争取让墨索里尼给德国纳粹党一笔贷款，让德国的纳粹党能东山再起。

为了确保戈林此行能名正言顺并有所收获，希特勒还写了委托书以及给墨索里尼的信件。当希特勒写的委托书和信件交到戈林手上的时候,戈林感到十分的高兴,他终于有新的使命了。

带着兴奋的心情,戈林用最快的速度办好了去意大利的手续,然后要带着卡琳远赴意大利。就在他们准备出发的时候,他居住的这家饭店的负责人找到了戈林,说:"尊敬的先生,能把您的账单给我留下吗?还有这是您之前的支票。"

戈林很诧异道:"怎么了,有什么事情吗?我可一分钱都没有少给你!"

饭店负责人说:"您误会我的意思了,这支票是我还给你的,至于账单是我们要留下的,我们决定不向您收取任何的费用,这是我们对党的工作做贡献。"

"哦,是这样呀!"戈林一看可以不用花钱了,表情马上就变了,他对饭店负责人说:"很好,我代表党感谢您的忠诚。"

戈林的话让这位负责人异常兴奋,说:"是!我一定会尽力为党的事业继续努力的。"

"很好,当也会记得您作出的贡献的!"戈林说完就带着卡琳出门了,而这个人还笔直地站在那里,注视着戈林的离开。

希特勒四大爪牙·戈林

在意大利肩负的使命

　　离开奥地利的时候，已经是春天了。这是个万物复苏的季节，一切都是欣欣向荣，小草从湿润的泥土中钻出来，在春风中不停地摇摆着稚嫩的身躯，让看见的人有些心疼，生怕它们不小心将自己的腰折断了；大树上的积雪已经化开，细小的枝丫探出了头，感受着春天的气息；而那些鸟儿也都从温暖的地方飞回来了，从一个树头跳到另一个树头，叽叽喳喳地叫着，似乎在向人们传达春天的到来。5月初，戈林带着卡琳到达了威尼斯，他们要在威尼斯停留一段时间，然后再去罗马。

　　威尼斯位于意大利的东北部，地理位置十分重要，是亚得里亚海威尼斯湾西北岸重要港口。这座城市被人们赋予"水上都市"、"桥城"等一些称呼，因为它是建筑在水上的，由小岛、水道、桥梁相互连接而成。

　　这是一座美丽的城市，在这座城市里，水的风情得到了完美的体现，也完全融合进城市生活中。蜿蜒的水巷，流动的清波，水面上滑行的船，这一切融合在一起，宁静的气息蕴藏在空气中。

　　戈林和卡琳住进了威尼斯运河旁的不列颠饭店，卡琳真是太高兴了，她喜欢这个城市，碧波荡漾的水面上船在行驶，两岸的房子透漏出古老厚重的气息，文艺复兴时期的艺术作品和拜占庭式的建筑还在诉说着当年的辉煌，诗情画意延续其中。

在这几天的时间里,戈林和卡琳去了歌剧院欣赏歌剧,去了最美的广场圣马可广场,还有那美得令人窒息的回廊。游船上,戈林和卡琳并肩而坐,一座又一座风格迥异的桥在船的穿梭中尽入夫妻俩的眼底。叹息之余,卡琳的眼睛湿了,她为当年的人感到了悲哀。

戈林看到卡琳的情绪有些不对,就搂着卡琳的肩说:"亲爱的,你放心,我们会很好! 以后也会一直在一起。"

"客人们,我们这座桥还有一个故事,就是恋人在这座桥下亲吻的话能获得祝福,感情会天长地久。"摇船的船家对戈林夫妇说。

卡琳听了,眼睛放光,说:"是真的吗? 戈林?"

看着心爱的妻子,戈林亲吻了上去。古代建筑的周围浪漫的音乐缭绕,游船上一对相爱的人在亲吻,一切是这么的和谐,这么的美好!

跟在妻子身边游览着威尼斯的风光,戈林有种回到军校毕业的那一年的感觉,美术馆里的绘画作品、佛罗伦萨的雕刻都吸引着他。鉴赏着这些艺术品,戈林品味着艺术品带给他的心灵颤动。

在威尼斯待了几天后,戈林夫妇启程了,他们奔向了罗马。罗马是意大利的首都,有着数千年的历史,是意大利的政治、历史和文化的中心,也是古罗马帝国和世界灿烂文化的发源地。

戈林信心十足,觉得事情很快就能办完,然后他带着卡琳乘船回瑞典,途经英国或者挪威或者丹麦的时候再游玩一番。对于和墨索里尼的见面,戈林也有准备,他采取的方法就是先拿出自己获得的那些功勋章,用这些功勋将墨索里尼镇住,让墨索里尼不能小看自己,然后和墨索里尼谈借款的事情。

戈林能这么自信是因为他有资本,他依靠的是希特勒的亲笔信和委托书,还有就是在慕尼黑的时候与意大利的外交官朱塞佩·巴斯蒂亚尼尼和

希特勒四大爪牙·戈林

《意大利信使报》驻慕尼黑记者莱奥·内格雷利博士交好。时间流转,莱奥·内格雷利博士已经成为了墨索里尼的顾问。当他到达罗马的时候,这两个曾经的意大利朋友都答应把他引荐给墨索里尼。他相信,凭借这些优势,墨索里尼很快就会见他的。计划没有变化快,戈林没有想到的是墨索里尼根本就不见他。

当卡琳还沉浸在罗马的风情中时,戈林已经开始了他的使命。有了熟人的介绍,戈林开始出席意大利的官方宴会,但是却从来没有和墨索里尼说上话。唯一能让戈林感到欣慰的是认识了几个法西斯党内的官员,而且这些官员很重要。

现实是残酷的,戈林碰壁了。对于现在的情况,戈林很懊恼,因为这样持续下去的话,希特勒交给他的任务就完成不了。陷入僵局中的戈林愁苦万分,但是当他回到饭店时,脸上总是挂着事情很顺利的表情,因为他不想将这种困难让卡琳知道,在流亡的生活中,卡琳已经为他付出太多太多了。

有时候,一天结束后,卡琳会问戈林事情进行得怎么样?戈林总是一副快结束的表情,告诉卡琳,他已经见到墨索里尼了,事情快要办妥了,然后他们就要返程了。

卡琳是那么地信任戈林,对戈林说的话从来不加以怀疑。在写家书的时候,卡琳告诉父母亲自己的近况,并且说明戈林的工作。

时间一天天的流逝,已经在罗马待了一个多星期了。这一天,卡琳问:"亲爱的,事情进行得怎么样了?我们什么时候能离开这里呀?"

戈林走上前,搂着卡琳的肩膀说:"这里不好吗?"

"还行,但是我还是想回家了!"卡琳说。

看着卡琳眉头间的困惑,戈林说:"墨索里尼已经表明了,不管德国有几个政党,他只承认希特勒,并且只和希特勒签约。"

"真的？那太好了，只要你跟他签了约，我们就可以离开了！"卡琳听了戈林告诉她的消息十分高兴，他不知道这个消息是戈林骗她的。

又是一周的时间过去了，戈林带来的钱已经不够支付他们夫妻俩现在居住饭店的费用了，因此，戈林带着卡琳从不列颠饭店搬出来，换到一家廉价、不起眼的小饭店居住了。

5月下旬的一天，戈林兴冲冲地回到了饭店，对卡琳说："快，我们换上晚宴的服装，今天晚上这里的法西斯官员要举行晚宴，墨索里尼也会到场。"卡琳听从戈林的话，换上了自己带来出席宴会的服装。他们精心打扮之后准备出发。

晚上，灯光璀璨，华光异彩。高级饭店的大厅里，衣着奢华的人来回穿梭着，戈林带着卡琳走进了大厅，和这段时间认识的法西斯高级官员打着招呼。卡琳时隔多年，再一次见识到戈林在交际时的能力。正在大厅的人互相谈论自己感兴趣的话题时，戈林也在旁边悄然听着，分辨对自己有用的信息。就在这时，声音渐渐低下去了，戈林发现，在几个人的陪同下，一个身穿盛装的人走了进来，戈林暗自猜测：这个人应该就是墨索里尼。

果然，这几个后进来的人走到了前面，墨索里尼开始讲话了。戈林的注意力没有放在讲话的内容上，心中想的是如何接近墨索里尼。看到墨索里尼，卡琳只有一个想法，那就是希特勒很好，她要支持希特勒的事业。戈林一门心思想和墨索里尼谈判，但墨索里尼根本就不想和他谈，因为他是一个失败的政治运动的代表，而且还是正在被追捕的逃犯。

墨索里尼在讲完话后就匆匆地离开了，戈林眼睁睁地看着墨索里尼离开却没有任何办法接近，一次可以接近的机会就这样错过了。虽然心里感到了沮丧，但是戈林还是没有在脸上表现出来，并且对卡琳说："瞧，他真是太忙了！可能是回去忙着拟定和我们要签的约定呢！"卡琳点头，表示赞同

希特勒四大爪牙·戈林

戈林的话。

月亮越升越高,觥筹交错的晚宴也到了散场的时候,曲终人散,戈林带着卡琳、带着些许的失意回到了自己居住的饭店。

天亮了。戈林早早地起来,他去找莱奥·内格雷利,看墨索里尼什么时候能有时间接见自己。内格雷利脸上挂着虚伪的表情,装模作样地翻看了一下类似行程安排的本,然后说:"哦!戈林先生,我们的墨索里尼先生真的是很忙,他最近要接见各地来的法西斯代表们,还要开会。您的事情我已经禀告过了,您先跟我们的外交官朱塞佩·巴斯蒂亚尼尼接触,草拟一个协议,然后咱们再协商。"

尽管戈林知道这次还是无功而返,但是内格雷利的话还是让戈林有了信心,他脸上也挂上虚伪的笑容:"真是谢谢你呀,内格雷利先生。我们的党会记住您给予我们的帮助。"接着戈林又和内格雷利客套地说了几句话,然后离开了。

走出了内格雷利的范围,戈林不屑地啐了一口,骂道:"狗东西!"

强龙不压地头蛇,在人家的地盘上,戈林就算是再厉害,也得听人家的安排,况且他现在什么都不是,还有求于人家。受制于人,戈林没有任何的办法,只得向外交官朱塞佩·巴斯蒂亚尼尼的办公地点走去。

朱塞佩·巴斯蒂亚尼尼的办公地点在另一条大街上,距离内格雷利的地方还有段距离,戈林踩着不紧不慢的步伐,欣赏着沿街的古老房屋,领略着罗马风情来到朱塞佩·巴斯蒂亚尼尼的办公室。一见到巴斯蒂亚尼尼,戈林便热情地说:"我亲爱的朋友,你们这里的风光真是太好了,古老的房屋充满着风情。"

深知戈林个性的巴斯蒂亚尼尼脸上也马上浮现出笑容:"这里的房屋能入得了我们戈林先生的眼里可真是它们的荣幸。"

"哈哈哈!"戈林笑着,接着说:"巴斯蒂亚尼尼先生,内格雷利先生说让我同您先研究草拟一下我们两国要签订的合约,您看您什么时候方便呀?"

"哦?这样呀!明天吧,今天我们有个重要会议。"巴斯蒂亚尼尼说。

"好的,那我们明天见了!"戈林笑着离开了巴斯蒂亚尼尼的办公室。

走在回住处的路上,戈林的心中还有一件事就是关于不列颠饭店的。原先他和卡琳在威尼斯的时候住在不列颠饭店,饭店的股东是德国的侨民。当得知戈林是德国的代表,来和意大利政府谈判的,他找到了戈林,希望戈林在与意大利政府会谈时能帮他要回被没收的股份。戈林答应了,之后饭店股东也将戈林住店的一些费用免掉了。

此时,戈林想的是在明天与巴斯蒂亚尼尼协商的时候要不要提这件事,左思右想,想到人家让自己省去一些费用,就下定决心,明天要提一下这个饭店股份的事情。

太阳出来了,将自己的光芒洒向了人间大地,让大地上的一切生物都沐浴在它的光芒下,接受它给予的温暖。戈林来到了巴斯蒂亚尼尼的办公室,开始准备和巴斯蒂亚尼尼协商。

然而让人没有想到的是戈林在会议开始不长时间后,就提出了不列颠饭店的股份问题,这个问题是巴斯蒂亚尼尼没有想到的,他感到了恼火。因为意大利政府没收饭店的股份遵循的是《凡尔赛和约》。如果将股份归还,就是违背了《凡尔赛和约》中的规定。这样的事情,意大利政府是不会去做的,因为做了就是将自己放在了风口浪尖上。

愚蠢的戈林却没有想到这样的结果,或者说即便想到了,他也不会管意大利政府怎么样,而是想自己怎么样!反正在以后的时间里,只要是和巴斯蒂亚尼尼坐下来商谈事情,戈林总是会将不列颠饭店的事情提出来,也许这也是一个让戈林总是没有办法和墨索里尼见面的原因吧。

希特勒四大爪牙·戈林

在戈林和巴斯蒂亚尼尼谈判的时候,时间在悄悄地流逝,转眼间,夏天就要结束了,秋天要到来了,树叶已经从翠绿变得深绿,叶子的边缘有些泛黄了。秋风已经过早地吹了过来,夹杂着海的味道。戈林总是将墨索里尼怎样给予德国纳粹党贷款的问题和不列颠饭店的股份问题交杂在一起同巴斯蒂亚尼尼谈,但是事情一直没有进展。

进入到10月份,事情终于有了进展,戈林和巴斯蒂亚尼尼草拟成了两份协议,一份是关于南蒂罗尔归属问题,另一份是关于墨索里尼向德国纳粹党提供贷款问题。

原本在第一次世界大战之前,南蒂罗尔是德国的领土,但是根据《凡尔赛和约》的规定,南蒂罗尔被划分给了意大利,德国国内的一些人对此是相当的不满意,要求国家收回这一地区。

为了达成自己的目的,希特勒指示戈林和意大利签订的协议是这样的:纳粹党认为南蒂罗尔不存在任何问题,意大利对该地区有合法的管理权。对于德国国内出现的不和谐声音,纳粹党将不遗余力地消除。至于德国向意大利赔款的事情,是德国必须完成的,而且为了表示德、意之间的友好关系,在纳粹党掌握的德国报纸上,要有大篇幅的宣传。当然,作为回报,戈林在提出纳粹党对意大利政府的付出后,也提出了意大利政府要对纳粹党有所帮助。

帮助的内容是:当纳粹党掌握德国的政权后,意大利政府不得对新的德国政府施加压力,也不能参加其他国家主导针对新的德国政府施压运动;对于德国纳粹党需要意大利法西斯党提供的援助,意大利方面要采取一切手段提供,包括宣传、讲话以及贷款等。

两份协议之后,戈林为了稳妥起见,还给墨索里尼写了亲笔信,在信中除了保证两国的协议是最高机密,只有几个知情人知道。如果可能,请意大利政府给予德国纳粹党贷款,纳粹将用动产和不动产作为抵押,分期偿还。这笔钱用在纳粹党同其他势力的斗争中去。

为了表示自己对墨索里尼的尊重,戈林将草拟的文件重新写了一遍,然后带着去了内格雷利那里。

"啊!亲爱的内格雷利先生,好久不见了!"戈林远远地就打招呼。

"哦!戈林先生,真是好久不见了!"内格雷利说。

"是呀!听了您的话,我一直忙着和巴斯蒂亚尼尼草拟咱们两党的协议,现在终于完事了,请您交给墨索里尼先生吧!"说着,戈林拿出了准备好的文件。

"没有问题!戈林先生,我会将文件亲自交给墨索里尼先生的。"内格雷利接过文件说。

"我当然相信您了,我们是老朋友了么!我就要离开罗马了!"戈林说。

"您要去什么地方呀!"内格雷利问。

"威尼斯!我的妻子很喜欢那里。"戈林说。

"哦!您的妻子真是有眼光,威尼斯可是好地方!有消息的时候,我会通知您的。"内格雷利说。

"那我们就下次再见了!"戈林笑着说。

"再见!"内格雷利说。

从内格雷利处出来,戈林总算是松了一口气。然后他回到饭店和整理东西的卡琳汇合,离开了罗马。回到威尼斯,卡琳的心情明显高昂起来,是呀,威尼斯给她的印象真是太好了,她跟随戈林继续住在不列颠饭店。得知戈林夫妇从罗马回来了,饭店的股东立刻来到饭店询问事情的结果。戈林说他已经对意大利政府提出了要求,正在解决,但是需要时间。饭店股东听了,很感激戈林,立刻就表示戈林夫妇可以长期在饭店居住。

希特勒四大爪牙·戈林

毕竟是没有得到意大利方面的答复,戈林的心里忐忑不安。时间一天天过去,戈林实在是等不及了,就给内格雷利写了信,询问自己和墨索里尼的见面时间,并且在信中再一次地提到了不列颠饭店的股份问题时,将这个问题说成如果意大利政府将这件事情解决就是对纳粹党的一种优待,是重视两党之间谈判的证明。

无望的等待能摧毁一个人的意志,在这种等待中,戈林夫妇的意志也在受着煎熬,最让他们难过的是钱不够用了。墨索里尼没有来信,但是希特勒来信了,原来希特勒没有忘记远在他乡的戈林,派信使给戈林带来了消息,并且要寄钱给他。这个消息让戈林很高兴,但信使走后,这个消息就像不曾存在过一样,也无影无踪了。

失望和焦虑伴随着戈林,让他的情绪反复无常。最让他担忧的是,在他将草拟的文件交给意大利方面后,他立即向希特勒说完成了任务,希特勒那面已经有所行动,而自己这边却一无所获。生活日渐拮据的戈林夫妇没有办法改善这种状况,只好跟卡琳的母亲求救了,卡琳的母亲寄了一笔钱给他们。

希望——失望——希望——失望,万般无奈中,戈林准备和卡琳离开意大利了。实际上,戈林还在意大利受煎熬的时候,希特勒在1924年的年底就出狱了。虽然德国当局不许他在公共场合发表讲话,但是希特勒还是使纳粹党的势力扩充了。并且一些财团和资本家开始向纳粹党捐款,对于戈林求墨索里尼的贷款,他已经不需要了。这样,远在意大利的戈林接到了希特勒的新指示,就是让他告诉意大利当局,关于两党之间的秘密协议,纳粹党暂时先不考虑了。戈林终于松了口气,带着布满阴云、凄凉无奈的心情,他和卡琳踏上了回瑞典的路。因为没有钱,他们只能卖掉远在慕尼黑的房子作为路费。

在斯德哥尔摩的日子

  这次意大利之行给戈林带来了无数的烦恼,让他遭到了冷遇,但同时也不能让他忘记。因为他认为这是一次失败,这耻辱是意大利带给他的,他在心中发誓,再也不踏上亚平宁半岛的土地。此时的戈林不会知道,自己会在多年以后踏上这片带给他耻辱的土地,并且风光无限。

  经过跋涉,戈林和卡琳终于回到了斯德哥尔摩,也许戈林的心中是想回到德国,但是对于他的通缉令还在,他还是一个流亡者,因此,他只能选择回到斯德哥尔摩。

  走下火车的一瞬间,戈林皱了下眉头,他问自己,难道我人生的归宿就在这里吗?想到此,心不禁一阵绞痛。他回过头看了一眼火车,并暗下决心,终有一天要坐着它离开。而此时,卡琳的内心却充满欢喜,马上就要见到父母了,家乡的气息让她兴奋不已,继而挽住戈林的手臂,加快脚步。

  斯德哥尔摩的天空依然湛蓝、美丽,但在戈林心中,这里的每一天都布满阴云。经过啤酒馆政变以后,他身心受到的创伤久久难以平复,为减轻身体的疼痛,戈林每天都需要注射大量的吗啡,虽然能暂时得到缓解,但药物很快让人产生了毒瘾,这种痛苦在未来的日子里对戈林的影响可谓深远。回来已经几个月,曾与他并肩作战的"战友"似乎已经淡忘了他,戈林因此沉浸在忧郁之中。在这期间,他给希特勒写过一封信,表达了渴望继续为之

希特勒四大爪牙·戈林

效力,并仍想担任冲锋队队长职务的想法,但遗憾的是,希特勒并没有给他一个满意的答复,这让戈林陷入了更为痛苦的境地。随着时间的推移,戈林夫妇的钱即将用光,没有钱便不能继续注射吗啡,这是戈林身体不能承受之重。迫于压力,他找了一份飞行员的工作,但由于在飞行中经常犯毒瘾,所以最后他不得不辞职。失去了经济来源,生活变得更加艰难,戈林的身体和精神状态每况愈下,脾气也暴躁到无法控制的地步。特别是毒瘾发作时,整个人几近失去理智。无奈之下,妻子只好将其送入精神病院。

精神病院的生活给戈林的内心造成了不小的创伤,以至于在后来的岁月里,每每回忆至此,都让他不寒而栗。离开医院以后的戈林很快找到了第二份工作,即推销飞机发动机。过着平凡生活的他从未停止对德国的关注。不久,他又换了一份推销自动降落伞的工作,并获得在德国销售的特许权,这就意味着踏上德国这片令其魂牵梦绕的土地的时间不远矣。

纳粹党大选获胜

岁月在动荡中飞速前行。1928 年，德国国会选举就要开始，在纳粹党候选人名单出来之前，戈林来到希特勒办公室，大胆地向希特勒提出要参加竞选这一要求。由于近年来希特勒对他的态度一直较冷淡，所以戈林这次是抱着最后一搏的心态贸然拜访，事实证明，他的大胆为他争取到了最好的结果。希特勒同意了戈林的请求。

自 1924 年底希特勒出狱以后，纳粹党的势力逐渐壮大，希特勒采取了以退为进的战术。对外，他先博取巴伐利亚政府的信任，使其对自己放松管制和警惕；对内，他整顿内务，制定方针策略。他坚信，迟早有一天，他会得到德国。截止 1928 年，纳粹党已得到 10 余万众的拥护，虽然在当时的德国，它仍是一个小党，但其势力却在不断壮大。戈林的政治生命就在这样一个大背景下复活了。

一切忧伤都将成为过去，德国大选过后，纳粹党收获颇丰，十余个候选人全部当选。纳粹党走上了合法夺取政权的道路。戈林顺利地成为了德国国会议员。在此之后的一段日子，戈林再也不用为金钱发愁，更重要的是，他已向目标靠近了一步。戈林没有让希特勒失望，出色的演讲能力，使他在每次发表演说时都座无虚席。他卖力工作，就像一个不知疲惫的机器，很快，纳粹党的拥护者激增。戈林的口才和拼命三郎式的"战斗精神"是党内

希特勒四大爪牙·戈林

很多议员望尘莫及的,他也因此得到了希特勒的赏识和信任,继而发狂一样地为其卖命。他不停地举行演讲会,频繁地周旋于上流社会,使更多的人成为纳粹党的同情者。另外,他还借着战时关系,在军队中发展党员。

令所有粹纳党徒兴奋的一刻到来了,1930 年大选结束后,结果出乎所有人的预料,纳粹党获得全胜。就连希特勒也为这一结果感到意外,就在两年前,纳粹党还是一个只有 81 万张选票的小党,在国会之中也仅仅占有 12 个席位;而两年后的今天,纳粹党竟然得到 649 万张选票,107 个国会席位。即将给世界人民带去巨大灾难的纳粹党一跃成为德国第二大党。此时,"共产党"这三个字浮现在希特勒的脑海中,这是他接下来要击败的目标。他清楚地意识到,若想夺取德国的政权,必须要靠军队的力量。

希特勒将目光投向军队,他声称在自己执政以后,必定打造一支伟大的、不可战胜的德国人民之军。他绞尽脑汁地利用各种方法安抚军队上层人物,这一次,他要亲自出马,在戈林为其打造的良好基础之上,取得更大的胜利。经过煞费苦心的策划,大量的企业家、银行家、军火巨头等重要人物都开始支持希特勒。在此期间,戈林始终跟随在他身边,为其出谋划策。

在政治之路上,从来不缺暴风骤雨,纳粹与布鲁宁政府的矛盾冲突日益强烈。1932 年的大选对希特勒意义重大,在这些政治混战之中,形势飘忽不定。起初,局势对希特勒不利,但很快,局面就发生了逆转。希特勒利用兴登堡和一位陆军实力人物与布鲁宁的矛盾将布鲁宁赶下了台,接替布鲁宁总理一职的是位毫无政治能力的人物。在这次大选中,希特勒的阴谋得逞了,纳粹获得了胜利,1374 余万选票使它一跃成为国会第一大党。戈林任普鲁士内政部长,此后,又被任命为国会议长。

第七章

人生得意

国会纵火案借刀杀人排除异己

　　几番周折之后,希特勒顺利当上了德国的总理。他站在窗前,目光深邃,抑制着内心的喜悦,他仿佛已经看到了不远处那朝思暮想的权力之巅。希特勒的目标并非战胜其他政治力量,而是建立一个纳粹独裁统治的集权国家。他任命戈林出任普鲁士内政部长,以便控制警察局等重要机关。后经戈林建议,希特勒同意解散国会,重新选举。竞选开始之前,纳粹制定了一整套阴谋,阻止和破坏共产党的参选活动,其目的是逼其发动革命,纳粹再借此机会,动用军队消灭之。如此一来,共产党在国会中100多个席位就将全部控制在纳粹党徒之手。同时,希特勒还对所有反对纳粹的党派伸出了魔爪,予以无情的打击。这一过程中,戈林发挥了重要的作用,他运用职务之便,逮捕、暗杀共产党人,在竞选前夕,被杀害的反对纳粹人士达到50余人,皆为戈林所为。另外,戈林还解雇了大量的非纳粹拥护者和成千上万的巡警,这些空缺理所当然地被纳粹党徒填补。尽管如此嚣张,但希特勒一直等待的"布尔什维克革命"却没有出现。时不待人,在这关键时刻,戈林献上一计,即搜查共产党的老巢李卜克内西大厦。

　　戈林在李卜克内西大厦发现了大批的共产党文件和宣传物,随后,他在报告中指出,发现了共产党发动革命的重要证据。但人们对这一说法始终持怀疑态度,为了让人们彻底打消疑虑,戈林决定制造一个证据。多年以后,就连希特勒回忆起制造证据这件事时也无不感叹:每到危机关头,戈林简直就是世界上最冷酷无情的人。

事实的确如此,无论过去、现在,还是未来,只要纳粹党遇到危险,戈林都会如疯狗般直冲而出,为他的主子尽心效力。

戈林制造证据迫害共产党的时机已到。一天夜里,德国国会大厦突然起火,当希特勒等人赶到时,戈林正在现场大喊大叫,命人救出大厦里的东西,他甚至完全不顾个人安危,向火势正旺的楼中冲去,他喘着粗气,歇斯底里地对警察头子叫道:共产党!这一定是那群疯子干的,必须要彻查他们,格杀勿论。这一事件以后,纳粹彻底击败了共产党。

实现梦想

　　纳粹恐怖的阴云以不可阻挡之势笼罩了整个德国，每个城市之中，都有纳粹肆无忌惮的冲锋队员，他们以保护国家和人民的安全为由，将大批的反对者投入监狱。许多街道都插上了卐字旗，夜变得不再寂静，不计其数的纳粹党徒涌进大街小巷游行，高举的火炬吞噬着星月之光。随后，国会正式讨论"授权法"，这一次，希特勒终于如愿以偿，将大权牢牢地握于手中。从1933年3月开始，德国的政治局面发生了巨大的变化，进入法西斯专政时期。

　　获得胜利的希特勒没有忘记为他立下大功的戈林，他向戈林承诺，在自己掌权之后，就任命戈林为国家总理。此时，除了希特勒，戈林的眼中再无任何人，他就像一个巨大的毒蛛，织就了一张错综复杂的权力之网，并组建了国家的秘密警察组织——盖世太保。在后来的岁月中，盖世太保成为人们谈之色变的特务组织，它集恐怖、暴力于一身，成为纳粹迫害德国及欧洲人民最残暴的工具。

　　希特勒掌权以后，又让戈林任代理外交部长一职，向国际社会拉拢支持者，意大利是戈林的首访国家。但是，在政治上春风得意的他并没有打好外交战，出使意大利失败以后，戈林又将目光投向了波兰和巴尔干，事实证明，戈林并不胜任外交工作。接着，希特勒又给了他一个窃听德国境内电话

希特勒四大爪牙·戈林

的权力,在希特勒眼中,戈林不仅是纳粹忠诚的战士,更是自己最信任的人。通过窃听,戈林掌握了大量的机密,卖命的工作以及源源不断的"研究"成果,让他与希特勒的关系更加亲密。权力的增长,地位的升高,使戈林病态般的虚荣心不断膨胀,他不顾众人反对,为自己建造了一个富丽堂皇的别墅,而后又有了新目标,即建立德国空军。早在几年前他就曾有一个愿望,一定要亲手打造一个全新的德国空军。时至今天,距离这个梦想似乎仅一步之遥了。

戈林计划先建立一支小规模的空军,而后再用短短三年的时间,迅速将其扩大成空军部队。该计划得到了希特勒的全力支持,戈林也顺利地获得了打造德国空军的一切权力。

大量的资金被用于建造德国空军,这期间,只要戈林出现在财政部,财政部长就会颇感头痛。国防部长也因空军的花费过大而抱怨连连,但这一切都无法阻断戈林实现空军之梦的进程。1933年3月,德国秘密空军部正式成立。5月,他开始着手培养飞行员及大批的飞机制造工人。另外,他还从其他部队调来强将,壮大空军力量。当然,这一切,都是在极其隐密的情况下迅速进行的。

很快,第一架轰炸机的样机制造成功,并投入生产。据相关资料记载,当时,仅仅一个普通的飞机制造厂就有工人达万余名。整个德国,约有200万人在帮助戈林实现他的空军之梦。其卓越功绩令老总统兴登堡甚为欢喜,遂命其为德国空军上将。

此时的戈林已经是党内最耀眼的人物之一,他的头上顶着各种头衔,国会议长、普鲁士总理、空军上将以及一些莫名的职务。现在的他,已然成为纳粹德国的二号人物,很多人对此艳羡不已。但戈林欲壑难平,他的目光始终投向更远的地方,对权力的追求没有止境。

老总统兴登堡去世的消息让希特勒倍感心喜，他终于盼到了这一天，攀上权力之巅的希特勒正式成为国家元首。整个德国就在希特勒的脚下，就在纳粹党徒手中。1934年，对于戈林来说意义重大，希特勒以国家元首的身份宣布，戈林正式成为他的接班人，并在他不在场的情况下，可代表他处理一切事务。

第二年，戈林主持了空军大楼的奠基仪式，这是一座相当气派的建筑物，在建造的过程中，戈林不惜重金聘请顶尖的建筑师和雕塑家。在此期间，擅长演讲的他曾多次向人们许诺，将在未来两年内，培养出世界上最强大的空军编队，使德国成为世界军事强国。

在希特勒成为国家元首之前，戈林对空军的打造一直被视为国家机密。但此时，戈林已经迫不及待地向外界、向国际社会承认这一事实。他曾对一位英国武官炫耀，德国小小的部队实际上所拥有的轰炸机数量也不低于1500架，此话差点让这位英国贵族从椅子上跌落。

这一年，戈林的生活变得异常丰富，每天忙于各种集会、舞会以及演讲，几乎没有一丁点业余时间，但他并没有显露出丝毫的倦容，相反，戈林乐此不疲。由他举办的舞会规格之高，极尽奢华，堪比"宫廷舞会"，虽然有很多人对戈林的做法表示不满，但大都敢怒不敢言。

希特勒四大爪牙·戈林

与艾米成婚

戈林原本结发的妻子卡琳曾经与他共同度过了最为艰难和困苦的日子。两人相濡以沫彼此安慰,可以说卡琳在很长一段时间,使戈林可以苦中作乐的精神寄托所在,只希望能够有朝一日手握大权过上好日子。然而天不遂人愿,早在希特勒掌权之前,身心疲惫的卡琳就已经因病去世,深爱妻子的戈林为此痛苦不已。如果说战争和政变在他身上留下的创伤只是一种折磨,那么妻子的逝去就是一个打进灵魂深处永远无法消除的遗憾烙印,无时不刻不在煎熬着他。

曾经有相当长的一段时间,戈林都无法从思念妻子的失落和痛苦中解脱,除了工作时间可以沉浸在各种事务中暂时转移注意力外,在平时闲暇的时候,他几乎必然都会想起卡琳旧时的言谈举止。这一切,一直延续到了女演员艾米·宗内曼走进他的世界,为他送去了温柔的抚慰和长期的细心照料为止。

艾米是一个善解人意,富有小家碧玉气质的女郎,她和戈林的交往完全始于一次偶然。在一次演出中,戈林初次见到了温婉宜人的艾米,他立刻感觉到,这位女士无时无刻不散发着一种美好的生命气息。他不可抑制地喜欢上了她,并展开了追求。艾米确实是位让人心动的好姑娘,在与她交往的过程中,戈林丧妻之后灰暗的心境自外而内地注入了一丝鲜活的力量,这使得戈林渐渐从怀念卡琳的情怀中走了出来。而随着交往的不断加深，艾米对戈林的崇拜，甚至已经达到了愿意为其放弃一切的程度。后来，戈林在公众场合偶尔将艾米引荐于众人，虽然她没有妻子卡琳的高贵出身，也不及卡琳出众的交际能力，但艾米大方的举止的确给人留下了不坏的印象。

几年来，戈林为辅助希特勒夺取政权，可谓耗尽心力，对个人感情生活的经营也渐渐变得力不从心，但艾米毫无怨言，依然竭尽心力地照顾着他。这使得二人感情一直处于较稳定的状态，而戈林也因此倍受感动，尽量抽出时间陪伴艾米。

鉴于这种情况，希特勒曾提醒戈林迎娶艾米，但戈林对此始终沉默不语，他怕再婚对卡琳有不忠之嫌。为了能让戈林尽早解决个人问题，彻底安心为自己工作，希特勒不厌其烦地对他谈及此事，另有部分纳粹党徒也站出来，劝其再婚，戈林可以不在意这些人的想法，但希特勒为此已召见自己多次，足见再婚之事不容再缓，反复权衡之后，戈林决定接受希特勒的建议，向艾米求婚。

一天，戈林在送艾米出门时，突然拉住了她的手，艾米先是一怔，而后对戈林绽出一个迷人的微笑，戈林随后将一个小纸条塞进她手中，并告之到达目的地之后方可打开它。艾米对这个小小的浪漫举动感到意外，并欣然接受。一路上，她紧紧攥着纸条，猜测上面的内容。一次旅行？几句关心的话语？难道是交给我一个任务？或者是和我分手？女人爱胡思乱想的特质在这一刻表现得淋漓尽致，她不敢再继续想下去了，干脆把目光投向远处，让满眼的风景挤走内心的焦虑。不知过了多久，艾米到达了目的地，她迫不及待地打开纸条，两行字跃入眼中：复活节那天，你愿意嫁给我吗？元首将出席并成为你我的证婚人。艾米的眼睛瞬间湿润了，她盼望已久的一

希特勒四大爪牙·戈林

天终于来临。

1935 年 3 月的一天，豪华的宴会大厅里座无虚席，这是戈林举办的私人宴会，他向众人正式宣布，将娶艾米为妻。并告之大家，这只是遵从了元首的命令，元首觉得在纳粹的领导层，单身汉实在是太多了。事实上，戈林自从啤酒馆事变之后因为受了枪伤对身体产生了影响，变得脾气古怪，他对艾米的情感到底是爱，还是将其当作了一件珍贵之物给收藏起来，早已无从定论。总之，再婚这件事，希特勒是满意的，这再一次证明了戈林对他一贯的唯命是从。但是对于艾米来说，却是一个期盼已久的喜讯，她并不在乎什么人的命令，最重要的是，她终于和自己最喜欢的人走到了这一步，这是任何女人都梦寐以求的。

一个月后，柏林迎来了最盛大的一次婚礼。其盛况的程度用夸张来形容一点也不为过：这一天，大街小巷的建筑物表面均经过特意装饰，处处尽显喜气，就连商铺的店面也被精心打造了一番，整个城市似乎都沉浸在节日气氛中。

上午 10 时，在婚车经过的街道两旁，整齐地站立着身着笔挺军服的战士，军乐队奏起欢快的乐章，只见载满鲜花的敞篷车里，艾米就像世界上最美丽高贵的公主，满脸洋溢着幸福的笑容，戈林一如既往的派头十足，表情严肃，穿着一套由他自己设计的军服，身上挂着一个绶带，上面别着各式各样的勋章，看起来威武却又有些滑稽。

他不时地向街道两旁的人挥手致意。柏林所有的纳粹上层人物，以及各行业巨头均到达现场，甚至一些国家的外交官也前来献上祝福。当戈林夫妇从教堂走出来的一刹那，数百架战斗机从头上呼啸飞过，湛蓝的天空，一条条优美的弧线引来现场一片欢呼。有人曾这样回忆到：那简直就是一场皇家婚礼，戈林在德国的地位，单那一场婚礼，足以见其重。

事实上,令人们难忘的绝不仅仅是这场盛大的婚礼,当一座富丽堂皇的婚房呈现在人们眼前时,所有的人几乎都惊呆了,它甚至比宫殿还要豪华,不仅高雅富丽,而且庄严肃穆。显然,这又是一个大手笔,它是柏林绝无仅有的一处私人建筑。

婚礼结束后,戈林收到了很多奇珍异宝,为此,他专门腾出一个房间存放它们,其中,有元首送的名画,有外国皇室赠予的宝石手镯,有其他政要及企业家献上的高级酒具、古董等。除此之外,还有大量的现金大礼,戈林病态的虚荣心无比膨胀,他认为无论自己需要多么贵重的东西,都会有人送进来。

纳粹党徒对他的嚣张跋扈早已见多不怪,有人趋炎附势讨好戈林,有人则沉默以对,也有人对此表示不满,常在一起像讲笑话一样谈起戈林滑稽的装束:脚上套着一个大大的皮靴,牛皮上衣枷锁一样地紧紧裹住身体,波浪式的袖子看起来像要爆炸,头上顶着一个罗宾汉式的帽子,简直就是舞台戏中的小丑模样。

由于戈林长期大量注射吗啡,所以身体已严重呈现出病态肥胖,乍一看上去,就像漫画里的怪人。戈林喜欢自己设计服装,对文艺复兴时期的贵族装扮情有独钟,令他更显与众不同。

戈林有收藏珠宝的爱好,不仅家中堆满了珍品,而且对自己及家人佩带的珠宝也极为讲究。

每天清晨起床,他常常要为当天佩戴哪一个戒指煞费苦心,思虑良久。在众多的珠宝中,戈林尤其喜爱钻石,并要求副官在他外出时必须带上满罐的钻石,供其随时把玩和向他人炫耀。另外,戈林对勋章也有特殊的癖好,他收藏了大量的、各式各样的勋章,并请求元首恢复已经取消了的荣誉勋章制度。希特勒不愧对其恩宠有加,竟同意了他的请求。

希特勒四大爪牙·戈林

戈林仿佛永远精力充沛，他亲自为德国空军设计制服，当然，那是他喜欢的风格，很多人认为制服和他本人一样带有浮夸和怪诞的气息，不仅全无美感，而且毫不严肃。另外，戈林还要求空军军官配上短剑与军刀，人们实在想不出这两样东西有什么实用价值，不但如此，他还送给每位将军一把精致的短剑，剑上刻有自己的名字，如此自恋的行为，是他病态虚荣心膨胀的表现。

当然，不管戈林在众人面前多么得意、跋扈，在处理与希特勒的关系上，他的头脑始终较清醒。他从不敢挑战元首的权威，他不把任何人放在眼里，但对希特勒却尊敬至极、言听计从，是希特勒众多亲信中表现最为突出的一个。

第八章

政治生涯

复兴经济计划

从 1935 年开始,戈林将注意力又转向了德国经济,他迫切地想在德国经济领域有所作为,这想法一旦产生,便急不可耐地付诸于行动,恨不得立竿见影。戈林自有一套理论,他认为德国若想展开对东方的战争,经济必须达到一定水平,有了坚实的经济基础,德国称霸世界之日便不远矣。为此,他曾在许多场合分析战争爆发后的形势,强调石油、铁矿等物资对战争的重要性。

虽然他的才华有限,但其影响力却是有目共睹的,很快戈林有了一些新头衔,比如"帝国石油经济督察员"等。这些五花八门的职位看起来无比风光,但没有一个人真正想让他去解决和处理这些经济问题。然而戈林却并不这想,在他的心中,早已拟定了一个宏伟蓝图,即复兴德国经济四年计划。

该计划的核心内容是:利用四年时间,使德国工业和农业的生产水平大幅度提高,至少能够达到自给自足的水平。若德国发生战争,在敌人对己进行全面封锁时,经济上不拖后腿,保证充足的物资供应。

具体的做法是降低进口,严控物价,尤其是将企业持股人的红利加以限制,与此同时,建成大批工厂,生产合成汽油、橡胶等物资,并用低品质矿石炼钢。

希特勒四大爪牙·戈林

这一切的一切，在戈林看来，都是保证德国在战争中立于不败之地的重要条件。

为此，戈林开始着手准备，一段时间以后，整体经济的确有了明显的上升趋势，但企业家并没有因此而感激戈林，因为他们在企业当家做主人的时代已经过去，如今纳粹控制着一切。

什么可以生产，生产多少，什么不能生产，纳粹党徒都作了严格的规定。当然，掌握着生杀大权的人，就是戈林。

纳粹制定了大量的报表和文书，让这些资本家按规定填写并上报，其中包括产品价值、种类等。

除此之外，企业还有一定的捐献任务，凡此种种，都让企业家对纳粹的不满日益强烈，但强权之下，也只能忍气吞声。

为了对经济有一个全面的掌控，戈林可谓费尽心思，不时出台新政策，比如解散小规模公司，成立的新公司需达到一定规模等。

很快，德国的经济就在戈林的规划下步入战时轨道。接下来，戈林又组建了经济班子，班子成员由政府要员、各大公司巨头等组成，他们必须听从戈林安排及调遣。

班子成员分工明确，各负其责。不得不承认，戈林一连串的经济改革取得了一定的成效。

一切准备就绪后，戈林正式向元首提出了他的四年计划，希特勒对此赞叹有加。

随后制定了一个秘密备忘录，即复兴德国经济的四年计划蓝本。深受元首信任的戈林可谓如鱼得水，从 1936 年起，他成为了德国经济领域的真正领导者，大量的银行家、企业家为了讨好戈林，竞相献上奇珍异宝，运送至其府邸的礼品多得装不下，各种名目的赠款源源不断。

夜幕降临,当戈林置身于琳琅满目的"宝贝"中时,他的心情是无比喜悦的,贪欲也随之更加强烈。拿人钱财替人消灾,那些献礼的企业家均得到了关照。

　　在德国经济上大展拳脚的戈林并没有忘记他的空军,在他心里,空军是他的私有之物,戈林虽然已经尽力,但人的精力和能力毕竟有限,空军的发展并不尽如人意。空军的战机数量占有一定优势,但仍不能与法国、波兰等国家抗衡。即便如此,他仍期待自己能够晋升为空军元帅,可希特勒对此并没有给予足够的重视。此时的空军,尚未被视为影响未来战争的重要之师,为了安抚戈林,1936 年,希特勒晋升他为四星级上将。

希特勒四大爪牙·戈林

战争阴云

1937 年,纳粹空军制造了一起令世人震惊的事件,戈林派轰炸机对巴斯克人居住的一个名为格尔尼卡的小镇,进行了灭绝人性的轰炸。毫无抵抗能力的民众伤亡惨重,短短的时间里,整个小镇满目疮痍。著名的画家毕加索曾就这一悲惨事件画有一幅油画,名为"格尔尼卡",以此表达内心的悲愤。而戈林制造这一事件的初衷竟然是想引起元首对空军的重视,并尽快提升自己为空军元帅。

国际社会对此反应强烈,尤其是左派人物,纷纷举行各种活动,来谴责法西斯罪行。戈林并没有因此而感到丝毫愧疚,相反,他认为这次行动使他的空军名声大震。他看重的是元首是否对他满意。

在英国,人们以各种方式表达着内心的愤慨,一时间,掀起了反对戈林的高潮。英国各界人士对戈林参加不久之后举行的英王乔治六世的加冕礼表示强烈抗议,政府研究后,最终决定取消向戈林发出邀请。戈林虽然对此表示不满,但考虑到目前他与希特勒都希望能与英建立联盟,故并未在此事上大做文章。后来,戈林在与英国一位政要人物谈话中曾指出,德国十分愿意同英国结盟,并一同走上强盛之路,无论英国受到何种威胁,德国都会伸出援手,这符合两国共同的利益。戈林尤其对他强调了德国的空军力量,表明如今的德国空军实力已赶超其他强国,成为佼佼者。与德国结盟,英国会得到更多好处；若与德国为敌，那么英国将付出一定的代价。事实证明，戈林这一次威逼利诱式的谈话取得了一定的效果，英国政界中有相当一部分人主张与德修好，以免卷入战争。

战争的阴影笼罩在欧洲的大地上。1937年，新的英国首相张伯伦就任，他是一位愿意与德为善的人物，曾向英国民众承诺，在其任期内，实现欧洲长久处于和平状态。为此，他积极与德国沟通，希望能够增进两国友谊，并派亨德森出任驻德大使。亨德森对戈林早有耳闻，到了德国以后，二人常有接触的机会，戈林是一位谈话高手，很快得到了亨德森的欣赏，而亨德森也给戈林留下了不错的印象。之后，二人竟然成为彼此政界中少有的"知己"。不得不说，这一时期，二人的关系对英、德关系的发展产生了很大的影响。

希特勒四大爪牙·戈林

戈林的"帝国狩猎法"

戈林主持的四年计划还在如火如荼地进行着,它的确对德国的经济建设起到了重要的推动作用。尤其是钢铁行业,为了第三帝国的长远利益,戈林提出用德国本土的低品位铁矿石炼铁,许多专业人士认为这一想法不可思议:第一,德国铁矿质量不过关;第二,科技手段尚未达到技术要求。当时,没有一家德国钢铁公司愿意承担这一项目。但戈林并未因此放弃这一宏伟计划,他决定自己建一个钢铁公司,不仅要冶炼铁矿石,还要控制德国的整个钢铁生产。1937年7月,戈林认为时机已经成熟,便大张旗鼓地行动了。

事实证明,他的影响力是巨大的,不久,"赫尔曼·戈林工厂"建成,并成为全欧洲最大的钢铁企业之一,它不属于任何一个经济部门,戈林就是直接的领导者,他保持着一贯的霸道作风,没收所有他需要的矿山为己所用,许多业内人士对戈林集权式的经济政策表示强烈抗议,并集体联名上书。然而这一切皆为徒劳,此时的戈林拥有至高的权力,这是希特勒赋予他的特权,除元首外,无人能与之抗衡。工厂的规模日益扩大,戈林利用各种方法提高冶炼技术,并使工厂的生产水平达到自己的预期。与此同时,其性格中贪婪的一面也尽显无余。他就像一个吸血鬼,仿佛永远处于饥饿状态之中,很多西方的史学家曾把他的贪欲归咎于吗啡,认为长期的药物刺激导致了他的性格发展畸形，也有人认为这一切都是由于希特勒的纵容所致。总之，戈林做到了，他不仅顺利地实施了四年计划，而且自己也赚得个盆满钵满。

从纳粹走上夺取政权之路到今天大权在握，戈林的所作所为一直看在希特勒的眼中，尽管这位部下的缺点和毛病很多，但其对自己的忠诚度却极高，这也是希特勒在某些方面纵容戈林的重要原因。

戈林是一个嗜血的魔鬼，为了纳粹的利益可谓杀人不眨眼，但是，与之形成鲜明对比的是，他十分珍爱动物，戈林似乎将他柔情的一面全部寄于此，他酷爱狩猎，但绝不滥杀。

对于动物，他喜之如狂，护之有加。在纳粹掌权后不久，戈林便制定了《帝国狩猎法》，其主要内容是禁止残害未成年幼兽、怀孕母兽，以及各种德国境内珍稀动物。法规中还指出与狩猎有关的各项事宜。在制定法规的过程中，戈林表现出了人性中少有的温情，并倾注了超乎寻常的热情，每一条规定，他都要反复斟酌和修改，生怕有所遗漏。而在纳粹的一次大清洗中，他曾在一夜一口气残杀几十人，这种对同类的血腥和对异类的怜爱形成了强烈的对照，足以反映出戈林人性扭曲的一面。

卡琳庄园风景秀丽，到处充满自然和谐的气息，内有戈林专门为动物建造的避难所，这里远离杀戮，大量的野生动物生活于此，如野马、鹿等，对于需要帮助的动物，有专人饲养。戈林曾说，德国从前就像一盘散砂，而大肆狩猎便是对它最贴切的解释。各地区虽然有各自的狩猎规定，却没人能按此执行，人们各行其是，对动物狂捕滥杀，致使一些珍稀动物处于危险境地。后来，他制定了一系列的相关政策，并严令各地区必须执行，他再也不能容忍人们对动物的残酷行径，戈林组织了狩猎协会，告诉协会人员，无论用何种方法，无论开销多大，也要将狩猎法规执行下去，从此杜绝德国这种

希特勒四大爪牙·戈林

野蛮的猎捕现象。在挑选护林员时，他决定全部由纳粹党员担任，指出无论谁违反狩猎法，护林员都要敢于与之战斗，并立刻向他汇报。

戈林还建造了一个自然保护区，并开始了一个极具挑战性的实验，即为德国引进野牛。这一实验，曾有很多人尝试过，但皆无果。引进野牛是戈林一直以来的心愿，为此，他多次请教专家，聘请能人，不惜任何代价，最终，他成功了。兴奋不已的戈林并不满足，又成功引进了麋。这两次经历让戈林更加坚信，自己和动物有一种不可言状的缘分，他性格里的狂热被激发出来，很快又将一批新的动物带进自己的实验室，其中有猫头鹰、灰鹅、水獭等。时光荏苒，几年时间过去，该自然保护区竟然成了远近闻名的野生动物观赏区，每天都有大量的游人前来参观。而这也成为了戈林在人前炫耀的又一资本。

接着，戈林又推出了新法规，即禁止动物活体解剖法。在此之前，他曾怀着十分悲愤的心情做过一次演讲，言辞激烈地谴责了人们对动物的暴行，戈林瞪大了眼睛，愤怒之火喷薄欲出，他在大会上义正词严地警告那些人，若谁胆敢无视他的话，继续犯罪，必将投至集中营。但讽刺的是，就在说出此话的同时，他的高空实验室里正在用活人进行低温低压实验。

自然界在适者生存的进化中，人与动物的斗争一天也没有停止。戈林是一个狩猎高手，在他满满当当的日程安排中，经常能够看到"狩猎区"三个字。每次去狩猎，戈林都会早早起床，接下来整整一天的时间，他都会沉浸在无比的幸福之中。狩猎时的他身手敏捷，肥胖的身体似乎安插了翅膀一样，一会儿忽地"飞"到那儿，一会儿"嗖"地又"飞"回来，他喜欢享受追逐猎物的过程，累并快乐着。这可累坏了陪在一边的护林员，个个气喘吁吁，但不管有多累，只要一发现目标，戈林就会立刻进入状态，策马奔去。另外，戈林还会将自己每一次狩猎的过程详细地记录在日记中，包括在追逐动物中享受到的别样的快感,以及亲手杀死猎物时动物的眼神和自己内心的读白等。他将这其中的细节描写得细致入微,以至于后来人们阅读到这本日记时,无不对戈林内心的扭曲感到惊叹。

出于对狩猎的热爱,戈林一旦发现手下有狩猎能人时,必定迅速提拔。不仅如此,戈林还将狩猎作为一种外交手段,以实现其政治目的。猎枪声中,他不仅得到了心理上的极大满足和快慰,而且还会将许多谈判桌上得不到的东西轻易得到。他经常邀请外国政要和其他政治家一同狩猎,而这些人也会以被邀请为荣。另外,许多官员深谙戈林此项爱好,便常常创造机会,与他走进狩猎场,找机会与他商谈要事。

希特勒四大爪牙·戈林

狩猎外交

　　一直以来,希特勒都想与英国修好,继而开展东部战线。为了达到此目的,戈林可谓煞费苦心。

　　一天,戈林邀请英国驻德大使亨德森前去狩猎,二人埋伏于高地,四周非常安静,亨德森全神贯注地凝视着四周,而戈林却不时地观察着这位英国绅士,心里盘算,怎样才能使英国人成为自己的猎物。不一会儿,一头鹿出现在不远处,二人几乎同时发现了它,但戈林并没有抢先开枪,他深知,英国绅士视荣誉为生命,这样的机会,必须要让给对方,以满足其争强之心。而亨德森看到猎物后,兴奋不已,立刻站起身,边跑边射击,且一击命中。亨德森快乐地高呼一声,扭动着肥胖的身体向猎物跑去,戈林看着眼前的一切,满意地笑了,他知道,他的猎物就在眼前。

　　第二天,戈林又邀请亨德森共进午餐,二人回味了前一天狩猎中的趣事,戈林对其大加赞赏一番,气氛非常融洽。而后,戈林自然而然地将谈话引入正题,他告诉亨德森德国近期的行动目标,包括奥地利和波兰问题,并就此与之进行了深入的讨论,戈林请他务必向英国首相张伯伦说明,德国的一切行动均不针对英国,且德国一直愿与英国形成联盟,保护英国利益,而这一切的前提只有一个,就是英国承认德国在欧洲大陆的霸主地位。后来,戈林曾在日记中记录了这次午餐的成果:浓雾,但已露出一丝微光。

希特勒对奥地利有特别的感情,除那里是他的故乡以外,他还在首都维也纳为自己的艺术梦想而努力过,希特勒年少时的浪漫情怀与人生中最早感触到的凄苦,均深深烙在了奥地利这片土地上。而戈林与希特勒一样,在心底,从未停止过对奥地利的注视。无论是童年的美好时光,还是啤酒馆暴动后的流亡生活,奥地利都为其留下了难忘的记忆。如今,那里还有戈林朝思暮想的两个猎场,另外,戈林的工厂也需要奥地利丰富的矿产资源,所以,当希特勒提出德奥合并这一想法时,戈林立刻成为了最积极的拥护者。

希特勒掌权以后,一直对奥地利进行纳粹宣传,虽然表面对奥地利的保护者意大利承诺,决不与奥地利合并,但背地里却一直在奥地利发展纳粹力量。随着时间的推移,德国的经济力量和军事力量不断增强,而且意大利已与德国结盟,希特勒认为是时候完成他吞并奥地利的梦想了。可是鉴于国际压力,他不能强取,于是,他决定对奥政府采用施压政策,迫使其主动找上门,要求德、奥合并。

毫无疑问,戈林对该计划全力支持,并一马当先。他首先积极与奥地利的纳粹分子保持密切沟通,然后,利用各种关系和手段想方设法地与奥地利上层人物取得联系。他的第一个目标是奥地利副外长吉米·施密特。

吉米·施密特是一位具有影响力的人物,他年龄不大,办事却极为有魄力,是一位前途无量的政治家,刚好奥地利有一家规模很大的电影公司想通过戈林多为德国输送一些奥地利影片,戈林很快同意了,但前提是,该公司需设法将施密特引见给他。

通过多方努力,戈林与施密特终于有了一次见面的机会。面对德国纳粹的二号人物,这位年轻的政治家抱以极高的警觉,经过长期锻炼的戈林,其外交技巧早已成熟,所以,他并未与施密特直入主题,而是善解人意地与其天南地北地聊起来。当他得知施密特也是一位狩猎高手时,眼前顿时一

希特勒四大爪牙·戈林

亮,没错,这就是切入点。虽然在这次谈话中,施密特强硬地表示自己坚决秉持奥地利独立的原则,但戈林的确给他留下了不坏的印象。此后,二人一直保持着书信来往。

1937年夏天,施密特和戈林于卡琳庄园再次会面,在狩猎的过程中,施密特射杀了一头鹿,虽说这是件平常事,但却因一句玩笑话而使戈林怀恨在心。此鹿名为赫尔曼,戈林打趣道:"施密特,你把我打死了啊!"年轻的奥地利绅士此时正陶醉在欢乐中,玩笑道:"我早就想打死你了。"说完他便有些后悔,自觉不妥。戈林依旧保持着笑容,默不作声。回到庄园后,戈林对仆人耳语几句,随后与施密特在客厅休息,很快,仆人回来,戈林对其一摆手,当仆人再次出现在门口时,身旁居然多了一个庞然大物,是狮子!只见它慢悠悠地走进客厅,直奔施密特,走到跟前,用头贴着他的腿,施密特早已吓得面如纸色,强忍住发抖的身体。戈林见状,不禁窃喜,笑呵呵地对他说:"这是我养的宠物。"施密特只好无奈地挤出笑容迎合,这件事,让他看清了戈林的真面目,知道这位德国老绅士绝不是看起来那样随和可亲,正相反,他是一个报复心极强的人。临别时,戈林表情严肃,对施密特指出德、奥合并是大势所趋,这是任何人、任何力量也不能阻挡的。而后又拿出他惯有的笑容,亲切地与之挥别。在接下来的时间里,戈林一如既往地为德、奥合并之事忙碌着。

第九章

纳粹的鹰爪

兼并奥地利

面对纳粹的大肆宣传,奥地利不能再坐以待毙,1938年初,奥地利警方查禁了设在首都的纳粹中央指挥机关,并搜获德国近期的行动计划,其中包括在春天发起暴动、制造侵奥借口等。希特勒对此大为不满,戈林理所当然赤膊上阵,向奥地利政府施以高压,并召见奥地利纳粹党的重要人物,命其无论如何也要保住其在奥地利政府中的位置,以便日后里应外合。另外,在接待奥地利邻国总统的访问时,戈林安排了非常高规格的接待仪式,这是奥地利人从未享受过的,奥地利驻德公使将此事汇报给总理许士尼格,并指出,若两国继续僵持下去,奥方不知还要受到何种待遇。而后,这位公使与戈林会见,不出所料,他遭到了前所未有的冷遇。戈林告之,德国不久以后就会彻底解决如何支付从奥地利进口的铁矿石款项等问题。公使仿佛嗅到了战争的味道,回去后,立刻将这一切上报奥方。

2月,希特勒和许士尼格举行会谈,出乎所有人预料的是,这并不是一场绅士与绅士的会谈,希特勒在一开始,就歇斯底里地狂吼乱叫,将双方关系恶化的原因全部推给许士尼格,并警告奥方,妄图用军事打击是愚蠢的,因为意大利、英国、法国都不可能与奥地利站在同一边。这次会谈变成了希特勒一个人的演讲,许士尼格只有听的份儿。最后,希特勒拿出一份新的协定,要求许士尼格签字,协定内容大致包括奥地利必须取消对纳粹党的禁

令、任纳粹党徒为内政部长和国防部长等。许士尼格深知,若在这份协定上签字,就意味着奥地利放弃了独立。希特勒威胁他,若不同意,三天内便发兵。万般无奈之下,许士尼格只好签字,但他指出,需有奥地利总统的同意,它才能生效。希特勒大发雷霆,吼道:你必须保证这一点!

就这样,许士尼格一行人灰溜溜地回到了奥地利。第二天,希特勒将会谈情况绘声绘色地说给戈林听,告诉他许士尼格是如何被吓得魂飞魄散的,解决奥地利问题指日可待。戈林听罢大喜过望,后悔没能亲临现场看到这出好戏。果不其然,三天后,奥地利政府同意了该协议,纳粹成功了。然而,不久以后,一个令希特勒大为恼火的消息传来,许士尼格突然宣布要在奥地利举行一次公民投票,对奥地利是否独立进行全民重新表决。希特勒立刻召开紧急会议,决定马上对奥地利进行军事入侵。德国方面的强硬态度和激烈反应,又一次吓到了许士尼格,他为贸然决定公投而后悔,与总统紧急磋商后,最终决定取消公投。

在准备军事打击奥地利的日子里,戈林忙得团团转,除主持大大小小的军事会议外,还要不停地与奥地利纳粹分子保持联系,他对将要组成的奥地利的新内阁成员甚为关心,并亲自拟定一份名单,并安排其姐夫为司法部长。

3月12日的清晨,德国军队挺入奥地利,而坐阵的正是希特勒,它将德国的一切事宜交给戈林代为处理,自己亲自踏上奥地利的土地,这是他一直以来的梦想。再看戈林,大权在握的他乐得几近晕厥,他享受着成为国家元首的滋味,满足而快乐,而且很快投入到元首的工作状态,积极接待来访外宾。在他的内心,一边为希特勒回到故乡而高兴,一边又不想希特勒再回到德国,他常陷入幻想中,希望希特勒成为奥地利总统,而自己成为德国真正的元首。

此时此刻，希特勒站在家乡的土地上，分外自豪与激动，他受到了隆重的欢迎，希特勒将内心的快乐第一个告诉了戈林，然而戈林的内心却不由得生出几分担心，他生怕元首回国后，奥地利这块肥肉被纳粹高层中的其他人抢走。德军进入奥地利以后，大批的犹太人逃往波兰，与犹太人相比，戈林更看重这些人手中的财富。

迫于压力，奥地利最终接受了两国合并的建议，这也使戈林之前想成为德国元首的美梦破碎了。另外，在德军入侵奥地利的过程中，戈林并没有忘记他的老朋友施密特，他派人将其接到卡琳庄园与之密谈，并向他保证他的人身安全不受威胁。与许士尼格相比，施密特可谓待遇优厚，前者已被逮捕并遭到迫害；而后者却被纳粹拉拢，受到了最高礼遇。

合并奥地利成功以后，戈林也踏上了朝思暮想的这块土地，展开了他富于激情的演讲，一边向人们承诺，要修建电站及高速公路，一边将贪婪之手伸出。

希特勒通过德、奥合并的成功，看清了英国和法国对德所表现出的退让态度，他已锁定了下一个目标，即进攻捷克斯洛伐克，并将这一行动命名为"绿色方案"。希特勒指示，要找到一个契机，借此发动闪电式攻击。就在他为了"绿色方案"绞尽脑汁之时，戈林的心思则全部扑在了扩大其工业帝国上，占领奥地利以后，他收购了本地的一家大钢铁公司，使之成为戈林工厂的一部分，激增的财源让他兴奋不已。戈林对"绿色方案"不感兴趣的另一个原因是他本人对捷克没有丝毫敌意。希特勒对此感到失望，他希望戈林一如既往地为自己卖命。另外，戈林还担心，一旦德国对捷克发动战争，会引来英国和法国的不满，若两国采取行动，那么后果不堪设想。为此，他多次向希特勒发出劝告，但是均未成功。此刻，希特勒消灭捷克决心已不容动摇。

希特勒四大爪牙·戈林

　　欧洲大陆阴云密布，一场战争正在酝酿之中，各国驻德大使都对德军打击捷克密切关注，并想方设法获取消息。英国、法国、苏联政府表示出极大的不安，认为这是继"一战"结束后，欧洲最接近战争的时刻。德国要员提醒希特勒，"绿色方案"可能早已泄露，目前，捷克已然采取了必要的防范措施。

　　期盼已久的契机终于出现，两个德国人在捷克被杀。面对这么好的机会，希特勒并没有贸然行动，而是静待英、法的反应。遗憾的是，英国和法国并没有站在德国一边，相反，却对希特勒提出警告。戈林看到事态的发展，继续向元首念和平经，而他内心真正的声音则是怕战争损害到自己的利益。希特勒对和平解决捷克问题给予了坚决的反对。在最高统帅部的会议上，他甚至批评了戈林。戈林知道自己已无力改变元首的想法，于是，非常识时务地转而迎合他，变成了一个主战派。

　　戈林担心的是，一旦这场战争打响，英国很可能成为德国最大的敌人，如此一来，他苦苦经营的德、英友好关系就将毁于一旦。英、法若参战，那么，他多年来所做的一切都将不复存在，每想到此，戈林都会心惊胆颤。事实上，希特勒也很担心这一点，但作为元首，他要将眼光放得更远，通过合并奥地利之事，他认为英、法两国并不会为了他国而轻易参战，当然，这只是他的一种推测。在真正出兵捷克之前，他还要针对英、法作详细周密的计划。而这一计划最终要达到的目的，就是将触发战争的原因嫁祸给他国，使德国攻打捷克更具合理性。若想实现这一目标，他需要戈林在外交舞台上做好宣传工作，继续对英、法及捷克施压。

　　事实证明，希特勒的判断不无道理，英国和法国在这场外交战中并没有占据上峰，一切如希特勒所愿。同时，纳粹对处于边境的苏台德地区不断加强攻势，声称，该地区本就属于德国，并对捷克发出最后通报，要求其在规定时间内交出该地区,否则,将向捷克全面发起进攻。这期间,戈林一直处于提心吊胆中,主战的势头也随之减弱,他对元首表示,自己的空军尚未形成对英、法作战的能力,希望元首在作出任何决定前能够考虑到这一点。希特勒最后决定同英、法、意进行谈判。

四国首脑正式会谈时,希特勒让戈林参加了第一轮会谈,其目的是让这位空军元帅对他国形成一定的威慑作用,使德国在会谈中占据一定的心理优势。为了避免德国引发更大的战争,各国首脑愿意将捷克的利益拱手相让。对于希特勒来说,会谈是成功的,他几乎得到了他想要的一切。而捷克代表被置于会议室门外,对这一切毫无所知。会谈结束后,首脑们签订了历史上有名的不光彩协定,即《慕尼黑协定》。协议中指出苏台德地区归德国所有。

戈林终于松了一口气,然而,此时的他不曾想到,在元首的心中,他的地位已扶摇直下,希特勒认为一向对他俯首帖耳的拼命三郎也会胆小怕事,不堪大事之重。

希特勒四大爪牙·戈林

闪电进攻波兰

得到苏台德地区的希特勒并未停止他发动战争的脚步，进入1939年初，张伯伦所畅想的"一个时代的和平"已经成为泡影，战争将是不可避免的。

奥地利和捷克都已成为希特勒的盘中美味，他一边品尝，一边瞄准下一个目标，即波兰，并为此制定了"白色方案"。

在与波兰外长的一次会谈上，希特勒甚至宣称波兰的但泽是德国的，尽早要被德国拿回来。戈林对元首的决定非常忧虑，以至于无法排解内心的苦闷而想离开柏林。希特勒并没有安抚他的这位得力干将，反而对他更加冷淡。而后，一连串发生的事情，越发对戈林不利，很明显，希特勒已经不再像从前一样信任他。几年来煞费苦心得到的一切，怎能就这样付之东流？想到这儿，戈林决心重新博得元首的好感和信任。在之后的日子里，人们再也听不到他在公开场合大谈和平的话题，尽管如此，在每个独处的夜晚，其内心还是会隐隐不安，担忧战事对德国不利，担心自己利益不保，甚至生命受到威胁。戈林受命于元首，召集纳粹内阁于卡琳庄园举行会议。他看起来精神振奋，并高声对全体内阁宣布对波兰的战争即将打响，希望全体成员能够全力以赴，保证作战行动不外泄。戈林还不忘故作轻松，笑着对人们说，这场战争不会引发更大的战事，德国必将取得胜利。会议结束后，他马上命人为庄园披防空隐蔽网。晚上,戈林要参加一个重要的晚宴,该晚宴是为庆祝苏德条约签定而举办的。宴会上,参与签订条约的官员口若悬河地讲述着自己在莫斯科受到何种高规格的礼遇,戈林一边迎合着,一边在心中暗自嫉妒。后来,他从元首那儿见到了条约的相关内容,知道德国与波兰开战后,苏联不但不会插手,而且还会从东部向波兰挺进,所以,在这种情况下,英国和法国是不会轻易出手帮助波兰的。不过,希特勒认为,英国可能会发动"虚假战争",关于这件事,他早已向亨德森提及。

战火终要从法西斯贪婪的巨口中喷出。1939 年 9 月 1 日清晨,德军的"白色方案"的第一号指令被执行,大批军队越过波兰边境,兵分三路进逼华沙。战机的轰鸣声撕碎了天空的宁静,它们犹如嗜血的飞兽扑向即定目标,包括波兰的军火库、桥梁和铁路等。

波兰与德国相比,在战斗力量、武器装备方面都处于劣势地位,缺乏战斗经费,武器装备落后、低劣,而且对英、法帝国主义的"保证"寄予厚望。

英、法两国虽然将免战牌高高挂起,但这并不能限制德国海军的进攻。就在开战的 7 天之内,德国海军已击沉英国舰船 10 余艘,面对势如破竹的德军,英国人没有表现出应有的作战水平,很快,英国的处境便岌岌可危了。

在此期间,戈林阻止英、法参战的行动一直未间断过。他曾对亨德森保证,德国是决不会对英国和法国发起主动进攻的。可是亨德森对目前的态势却不乐观,他皱了皱眉头、耸耸肩,半开玩笑地说:"若有一枚炸弹不小心击中了我可怎么办?"戈林笑答:"那我就专程为你去献个花圈。"

战争爆发以后,戈林始终保持着与英国的联系,且分别有若干条秘密渠道。一方面他要绝对服从元首的决策,领导德国空军积极备战;另一方面他又十分畏惧英、法参战,一切似乎都不在他的掌控和预见中,特别是随着

希特勒四大爪牙·戈林

战事的发展,这种恐惧感就越发强烈。人前,他自信满满,大肆宣传德军无敌论;人后,他对德国陆军的某些行为却颇多微辞,疑虑重重。德军占领华沙以后,希特勒对戈林非常满意,并授予他十字勋章,此荣誉极大地满足了戈林的虚荣心,也令所有人着实羡慕了一番。戈林内心当然对元首的荣宠感恩戴德,尽管如此,他还是没有停止他的秘密外交。

战争中的对峙越来越明朗化。1939 年 9 月,英国对德军入侵波兰一事向德方发出最后通牒。通牒中声称,英国要履行作为波兰盟国对其所承担的义务,并要求德国政府必须作出令人满意的答复,否则从即日起,两国便处于战争的状态。

与法国相比,英国似乎更具有魄力,受英国的鼓舞和影响,法国政府经过反复讨论,不久,也向德方递交了最后通牒,其内容几乎与英国相似。这样一来,希特勒想通过外交手段将英、法推出波德战争之外的企图彻底失败了。基于此,希特勒作出了快速反应,发布"第二号绝密作战指令",该指令中明确指出:德国境内的全部工业立刻转入战时经济轨道。

在战争爆发的过程中,希特勒任命了戈林为德军空军元帅。在戈林的指挥下,每次战争爆发的序曲总是由空军轰炸开始的。所以戈林的身上肩负重任。他命令德国空军部队不仅要摧毁军事目标,使他们无还击之力,还要摧毁对方的意志。

英、法两国所下达的最后通牒,遭到德国毫不犹豫地拒绝。战争初期,德国正野心勃勃开始他南征北伐的庞大作战计划,对英、法两国的一纸空文置之不理。在残酷的现实面前,英国与法国终于不在对希特勒抱有任何幻想,只好匆忙对德宣战。至此,第二次世界大战全面爆发。

很快,希特勒在波兰战场上取得了巨大的胜利,这大大地鼓舞了他的野心。他的欲望急剧膨胀,与此同时,他又竭力鼓噪"和平"。他道貌岸然地在国会上说:"我没有同英国、法国作战的想法。"

用和平的幌子释放了一个又一个烟雾弹。戈林一直追随其左右,为希特勒争霸的野心站脚助威。这一时期戈林把追随希特勒东征西讨作为他安身立命的主线。

战争爆发以后,法国并没有十足的信心取得胜利,法方政府竭力劝阻英国不去轰炸德国本土,他们担心会激怒德国,使其采取更加激进的方式。那时,法国工厂必将遭受惨烈的报复性打击。其实,如果对德国的工业中心鲁尔进行全方面的轰炸,这将是对德国致命打击。后来许多德国将领承认,大战期间,他们最担心的就是此事。

在西线的盟国空军也占有一定的优势。英国的作战飞机大约有1500多架,其中大部分为轰炸机。法国战斗部队也直接掌握着不少于1400架现代化作战飞机。而德军由戈林指挥的空军却将主力派去进攻波兰,仅将少量飞机留下,英、法利用约3000架的现代化作战飞机来对付德国绰绰有余。实际上,这是战争中的一种冒险行为。希特勒和指挥部听从了戈林的建议。现实中德国与英法拥有的飞机数量相差悬殊。

面对这种形势,希特勒尽管作出了在西线采取守势的决策,但他的心里始终是不轻松的。如果西线一旦突破,他的称霸野心就将成为泡影。

1939年9月,在华沙被攻陷之前,德国的各大报纸以及其他媒体又开始进行倡导和平的宣传,并阐明德方坚决拥护和平,对西方没有丝毫的野心。

希特勒骗人的伎俩果真奏效,戈林实施的计划顺利蒙混过关。这一时期,英、法并没向德国进攻。避免了德军的双线作战。

希特勒四大爪牙·戈林

黄色方案

　　尽管德国在外交上使用了大量的"烟雾弹",不久,戈林的秘密外交遇到了麻烦,几条渠道先后中断,鉴于此,他只能将这部分心思收回,全心全意投入到元首制定的向西欧进攻的"黄色方案"。每天,他都硬着头皮执行着各种命令,虽然在对波兰的空战中,德军将其500架战机中的大部分炸毁,还损毁了波兰的地面设施,但这一切并不能使戈林感到放松,他明白,这次胜利并不是真正靠实力获得,而是占了攻其不备的优势。事实上,德国空军远没有人们想象得那样强大。故戈林对空军在"黄色方案"中所担负的使命深感忧虑。

　　希特勒表面上倡导欧洲乃至世界和平,背地里却加紧准备在西线发起进攻。

　　这一时期,戈林相当庆幸,因为调动全部空军军事力量进攻波兰是他提出来的建议。

　　在战斗中,他的主张不仅得到了希特勒的认可,而且希特勒走到哪里都会大肆宣扬。这也使得戈林在"一战"结束以后,又一次品尝到了英雄般的嘉奖。他志得意满,每天手里拿着香槟酒,和他的几个幕僚一起对欧洲的古董品头论足,他的家里竟然好比德国古董博物馆,到处都是中世纪各国的古董。不用问这都是他的手下从占领区掠夺而来。

在战争年代,充足的军事补给是尤为重要的,它能有力地保证前方作战的顺利进行。对于希特勒来说,他那强大的军队最需要的就是铁矿砂。为了能确保瑞典的铁矿砂安全地运到德国,在运输上,戈林的空军帮了大忙,由于高效率的运输,使得德国的军工企业生产迅速,这也使得希特勒决定向丹麦和挪威进攻。

只要占领丹麦和挪威,才能保障铁矿砂运输线畅通无阻,改变当前对德军不利的情况,甚至可以开展对英国的反击。德国海军之所以到现在都没有直接进入大西洋,在很大程度上是因为这样一个战略位置。英国海军就是在这个地理位置上布置了一道精密的防御网,遏制住了德国海军。

新的行动计划总是在战争的进程中不断出现,1939 年 10 月,雷德尔又一次向元首提出了进攻挪威的请求。年底,最高统帅部设立专门小组对此事进行战略策划,他们制定了一个代号为"北方行动草案"的计划。

新一轮的军事行动即刻就要启动了,1940 年 4 月 2 日下午,希特勒经过长时间会议商讨之后,正式发布了一道命令,即从 4 月 9 日上午 5 时 15 分开始,德军正式发动"威塞演习",开始对丹麦和挪威全面进攻。要求俘虏两国国王,防止他们逃亡到其他国家。同时,最高统帅部还发出一道命令,指示外交部可采取一切外交手段,劝诱丹麦和挪威不战而降。

4 月 9 日,在黎明来临的前 1 小时,德国向丹麦和挪威发出了最后通牒。德国表示进入两国,并不是要对两国进行侵略,而是要保护其不被英、法等国占领,希望他们能够充分认识到这一点,毫无反抗地接受德国的保护。并且表明,任何无谓的反抗都是没有意义的,任何反抗都将被无情消灭,为避免造成无意义的流血伤亡,请两国政府三思而后行。

与此同时,希特勒已经命令德军的两个师入侵丹麦。只有 400 万人口的丹麦,就算所有的武装人员加在一起也只不过是一支弱小的国民兵,完全没有与德军抗衡的实力。在德国空军狂轰滥炸之下,丹麦只打响了几枪表示反抗过,就再也没有行动了。不堪一击的丹麦就这样被德军迅速征服了。

接下来,德军开始进攻挪威。虽然挪威人民顽强抵抗,用不屈不挠的意志与德军进行了殊死的搏斗,可是德军还是轻而易举地攻下了挪威首都奥斯陆。

挪威失去了首都,希特勒命令戈林派出德国伞兵意图俘虏挪威国王以及他的政府官员。但是他没有想到挪威国王竟然率领他的军队重创了德国的空投的伞兵。当希特勒听到戈林的汇报时,大发雷霆。这也使得戈林内心极度不快。在挪威战场,强烈的民族精神支撑着挪威人民不断地打击德国空军伞兵,尽管戈林花下了力气,派出了手下的精锐部队,可是事与愿违,所派出去的伞兵几乎全军覆没,不是被俘就是投降,剩下的不知去向,最终挪威取得了这次战斗的胜利。至此,戈林的残部狼狈不堪地退回了奥斯陆,向外围进攻的力量受阻。

气急败坏的希特勒,虽然对戈林的失败极度恼火,可是还得继续进攻。既然俘虏行动没有成功,希特勒就想通过威逼利诱的方式劝挪威的哈康国王投降。但是哈康国王不同于他的哥哥丹麦国王,他拒绝了希特勒的要求,坚决不承认以吉斯林为首的新政府,并且号召全部挪威人民抵抗到底。

在德国军队入侵的同时,挪威政府已经向英法联军发出请求,希望得到他们的援助。但是英法军队犹豫不决,行动迟缓,他们在纳尔维克附近登陆后就惨遭事先得知情报的戈林空军的战机轰炸,不得不向挪威内陆撤退。在希特勒面前,戈林通过这次成功的轰炸挽回了一点面子。

德军历经两个月的时间,终于全面占领挪威。丹麦和挪威都被德国收入囊中,5月1日,戈林接到元首的命令,为实施"黄色方案"做好最后的战斗准备。三天以后,戈林派专人留在柏林,代表他处理空军中的一切事务,为了使元首对自己更为满意,这次他决定亲临前线,指挥作战。另外,此前方案中的某些细节是经他同意才确定下来的,所以,亲自执行理所当然。

然而,希特勒的想法却并非如此。虽然在挪威战役中,戈林的表现并没有让他失望,但他仍不放心戈林,更不愿让他参与到西欧的事务中去。西欧战事对希特勒来说可谓非常之重,不仅仅是戈林,他现在对任何人都无法做到百分百的放心和信任。经反复考虑,希特勒最终决定让戈林留在柏林,代替自己处理一切事宜。戈林对不能亲赴前线虽然感到遗憾,但是拥有了元首给予的特权,也算是得到了安慰。

5 月 10 日清晨,火红的太阳从天边升起,与之一同升起的,还有 4000 余架纳粹德国的战机,它们如阴云一样遮去了太阳的光芒,又如龙卷风般席卷法国、比利时、荷兰等国的上空。所到之处,地面的重要防空设施及军事目标均被炸毁,希特勒在指挥控制室,凝神远方,等待着空军的每一次前线汇报。他的嘴角不禁绽出一丝笑容,空军的表现为地面部队的进攻扫清了道路,这是希特勒所希望的。

而此时,戈林正陶醉在代理元首的身份中,只见他身着一套笔挺的元帅制服,手戴几个精挑细选的戒指,挺着胸膛,阔步走进空军司令部,数天里,他一直待在此。

截止目前,“黄色方案”的威力已充分体现出来。德国已击毁对手千余架战机。特别是在法国的色当,德国空军猛烈的攻势给予了装甲部队有力的支持。戈林密切关注着前方的战事,恨不得自己能够亲自跑到控制中心面见希特勒,将空军的捷报汇告给元首。

面对希特勒的来势汹汹,英国、法国、波兰、比利时等西欧国家组成的联盟军虽早有准备,却还是被希特勒的大军打得节节败退,最后不得不退

希特勒四大爪牙·戈林

到敦刻尔克。希特勒看到了波兰闪电战的奇效,这次他依然将实行这种作战方式。

德军在几天的时间内横穿阿登山区,越过法国人引以为豪的马奇诺防线,战火迅速燃烧到了法国境内。5月中旬,德军完全占领法国的色当。到了5月下旬,大约有40万的英国、法国及比利时的军队被迫退到敦刻尔克海港。

英、法及比利时联军的三面都已经被德军团团包围,只差背后的英吉利海峡。这种情况对他们来说,可谓是前有狼、后有虎,已经陷入了绝境,没有了逃脱的机会。

深入法兰西

英法联军困守敦刻尔克，古德里安的刀锋已经顶在了他们的脖子上，然而就在此时，他突然接到希特勒的一个奇怪命令：停止前进，先头部队速返，执行侦察和警戒任务的部队可以继续向前行进。

原来，希特勒之所以作此决定，原因之一就是受到戈林的影响。戈林建议希特勒，为了避免陆军的势力过分坐大，最好的方法就是让空军代替陆军完成最后的决战。表面上看，戈林是为希特勒着想，但实质上，他是怕陆军抢走头功，他要为自己的空军争取立功的机会，也为自己争取最高荣誉。而希特勒也不希望他爱惜的装甲部队与垂死挣扎的英法联军硬拼，因此答应了他的要求。

5月25日上午，希特勒接到了戈林的电话，电话里，戈林充满激情和自信地表明自己一定会将敦刻尔克变成一片火的海洋，无论如何，也会将联军一网打尽。第二天，戈林乘飞机视察了地面战场情况，然后又转为陆路去阿姆斯特丹，"顺路"从这片被德军占领的土地上掳走了一批文物。此时的他心中志得意满，英法联军残部似乎已经成为了他竟其全功的祭品，然而天意不遂人愿，5月28日，敦刻尔克的上空大雾弥漫，能见度非常低。戈林不顾如此恶劣的天气，仍命令德国空军出动2个轰炸机大队，但能见度大大影响了投弹的效果，只炸沉了几艘无关紧要的战舰而已。英国人却反

希特勒四大爪牙·戈林

而趁此时机撤走了一大批人马。

5月29日上午，依旧大雾弥漫。英军吸取了前一天上船缓慢的经验，找来一切能够用的东西作为临时跳板，尽最大努力、最大限度地运走更多的士兵。

5月31日，由于连日来德国空军在戈林的指挥下狂轰滥炸，敦刻尔克的港口设施被毁严重，依旧恶劣的天气导致德国战斗机无法出动，即使德国陆军不断地加大进攻，英法联军的防线依旧岿然不动，德国人只能看着他们在眼皮底下撤走了。这天撤走人数多达4万多人。

6月1日，德国空军终于能够出动，发动了这些天中规模最大的一次轰炸。炸沉了英国三艘驱逐舰和一些小型运输舰，可英国的新式喷火飞机也打掉了德国很多笨重的轰炸机。戈林没有兑现他对希特勒的承诺。这一天撤退人数高达6万多人。

历经比利时和敦刻尔克战争的英国，尽管撤回了大量的远征军，但也失去了大批精良的战斗装备。虽然德国不擅长海上作战，但德国的战斗机只需要15分钟就可以越过英吉利海峡。不过，德国在占领法国后的很长一段时间里，都没有采取任何军事上的行动。

希特勒并不是傻瓜，这场战争的结局虽然取得了胜利，已经让他对戈林的感觉，内心发生了很大的变化。实际上希特勒也对敦刻尔克大撤退贻误战机而感觉到懊悔，他又不能把这些责任归结在戈林身上，只能打碎了牙自己承受。

希特勒认为，敦刻尔克撤退后的英国军队损失严重，已经对德国造成不了任何威胁。如果能通过外交和平解决英国问题，不仅在国际上树立起德国强大的威信，更能缓解德国士兵因接连不断的战争导致的疲惫，有利于储备战斗力量。

希特勒一方面对英宣称，只要英国归还第一次世界大战瓜分的德国领土，不阻拦德国在欧洲的任何行动，德国就可以随时和英国议和。即使希特勒把他的野心粉饰得很好，可是丘吉尔不会相信他的说辞，更不会屈服于他的强权。

眼看自己的阴谋没有成功，7月16日，希特勒终于作出了决定。他制定了"海狮计划"，并立即着手准备，准备时间定为一个月左右。

8月1日，德国最高统帅发出了关于"海狮计划"的指令：为"海狮计划"而做的准备工作必须在9月15日之前完成，包括空军和陆军；空军将在8月5日前后对英国展开空中进攻，希特勒会根据这次空军打击的具体情况再决定是否在接下来的时间里发动入侵。

然而，一切并没有想象中那样顺利，戈林越是想急于表现，就越是事与愿违。

他的空军没有发挥出应有的威力，其中一个重要原因就是希特勒对空军的轰炸行动做了诸多限制，比如禁止在夜间行动，禁止轰炸民用目标等。无法显示出真正力量的德国空军使戈林十分懊恼，但是，面对元首的强势，他又不敢反抗。除此之外，空军实力本身也存在问题，特别是作为主战飞机的战斗机，无论是机敏性还是携带燃料的能力，都存在一定的隐患，戈林不免为此心虚。

随着局势的发展，德国空军越来越不具优势，英国空军不但没有被彻底消灭，反而战斗力有所提升。

戈林本打算用庞大的战斗机群对英国战略目标给予毁灭性打击，但希特勒不知作何考虑，一再推迟打击时间，就在这煎熬的等待中，英国的空军日渐恢复元气。8月1日，元首终于下达命令展开行动，附加条件是禁止对英国进行恐怖性空袭。

希特勒四大爪牙·戈林

不列颠空战

　　战斗就此拉开序幕。德国的空中打击群凶猛地扑向英国,然而出乎人们预料的是,原本被判定为明显的弱方和强方的英德两军却在几天的空战中拼了个旗鼓相当。英国在空战能取得短暂的优势靠的就是远程雷达,然而德军飞机在最初的攻击中对于这些雷达并没有给予足够的重视,它们和扇形指挥站的搭配, 能够把德军袭来的方向摸得一清二楚。为此,8 月 24日,德军改变了作战策略,决定摧毁这些扇形站。戈林命令德国空军在接下来的十余天内,平均每天出动 1000 多架飞机,轮番攻击那些扇形站,显然这次空袭作战很成功。7 个关键性的扇形站,有 6 个被炸毁,英国空军指挥变得十分艰难,如果这种攻击再持续几个星期,将会彻底消灭英国空军的防御力量。可是,令英国意想不到的事发生了,戈林就在此时此时犯了他的第二个战术错误。

　　在德军空袭中,一架轰炸机把炸弹投到了居民区,英国方面报复性轰炸了柏林。这使得戈林在希特勒面前颜面扫地,为了反报复,同时也是为了提升攻击效果,德国空军开始进行大规模的夜间偷袭行动。9 月 7 日,在黑夜降临的几个小时前,德军对伦敦的空袭开始了。德国空军出动了包括轰炸机和战斗机在内的 1000 多架飞机,开始在伦敦的民用工厂、仓库、码头等地方进行猛烈袭击,并接连得手,这激起了英国全民的愤恨。戈林却因为战果提升而信心大增。在胜利的驱使下,他错误地认为英军飞机已经所剩无几,下令不再进行夜袭,改为白天进行攻击,这便是戈林的第三次错误。

英国人的报复很快来临,9 月 15 日中午时分,德军的飞机群穿过英吉利海峡,向伦敦而来,然而却遭到了蓄势已久的英国空军迎头痛击,这一天,德国的战机损失严重,共有 185 架被击落,而与之形成鲜明对比的是,英国仅损失 26 架。这次空战的成功,在很大程度上改变了当前对英国不利的局势,成为了大不列颠战役的转折点,至此,海狮计划已经彻底失败。大失所望的希特勒让戈林留在法国,处理占领区的相关事宜。

局势在不断地变化着,不知道什么时候,事态就会扩大。1940 年 6 月初,希特勒在攻打法国的时候,斯大林趁机占领了立陶宛、爱沙尼亚和拉脱维亚,他觉得自己上了个大当,因为他只是同意这三个国家作为苏联的势力范围。

希特勒从此对苏联极不信任, 他和他的亲信们都认为苏联是另有所图,他担心在东线的 10 个师难以对抗苏联的 100 个师。

虽然苏联迟早是德国打击的目标, 但是让戈林万万没有想到的是,元首这么快就作出了决定。

1940 年 11 月之前,戈林一直在法国处理占领区相关事宜,而希特勒则忙于制定进攻苏联的"巴巴罗萨计划",制定该计划并没有戈林的参与,这是希特勒为避免其纠缠故意而为。事实上,放弃对英国的进攻,说明希特勒目前已对不列颠战役无计可施,但作为帝国元首,无论如何是不能承认自己无能的。

在法国的生活并未使戈林的心情好过些,他很难在短时间内从上一次的失败中解脱出来,有时甚至还会出现自暴自弃的想法。戈林将空战指挥权交给了加兰将军,自己则对战况漠不关心。他几乎把全部心思都用于收

希特勒四大爪牙·戈林

藏名人字画及艺术品中，除此之外，戈林还会举办各种形式的宴会及参加类似的活动。此时的他，更像艺术家和社会活动家，而非统领千军的帝国元帅。当戈林厌倦了一成不变的生活时，他还会乘坐专列沿路视察，那些毫无准备的士兵看到元帅出现在眼前，无不诚惶诚恐，继而发出震耳欲聋的欢呼。戈林喜欢这样的微服私访，喜欢用最直接的方式感受大权在握的美妙。然而这种感觉总会过去，疲惫感仍围绕着他，每每踏上归路，戈林都会陷入深深的忧郁之中。

"巴巴罗萨计划"是一个充满血腥的计划，希特勒想用武力征服周围的国家，他称霸欧洲的野心世人皆知。

在对待苏联的事情上，戈林的心中始终持怀疑态度，但在公众场合，他却要摆出胸有成竹的样子。随着"巴巴罗萨计划"的临近，戈林越发感到恐惧。由于为了满足希特勒的自尊心，他没有与希特勒提任何不同的意见，然而，"一战"中，德国两线作战遭遇的不幸以及战败后的惨状经常浮现在他的脑海里。

1941 年 6 月 22 日，凌晨 3 点半，德军突然对苏联进行攻击，蓄谋已久的"巴巴罗萨计划"正式执行。意大利、芬兰、罗马尼亚和匈牙利也加入了侵略的行列。

苏联在未嗅到战争味道的情况下突然被猛烈袭击，短短一天之内，1200 架飞机被德军击毁。更加可悲的是，其中有 800 余架战机还未等起飞就被毁灭殆尽。毫无防备的苏军不堪德军重重一击，很快，其防线被突破，希特勒初步达到了预期的效果，继而以闪电般的速度向纵深推进。戈林喜出望外，就像打了兴奋剂一样，他变得异常活跃，与许多纳粹党徒一样，他也相信德国很快就会战胜苏联，忘乎所以的他甚至已经开始惦记在新政治格局的建立中，自己会得到哪些好处。

第十章

人生的衰落

冬季里的战斗

德国陆军占据了战争的绝对优势,与此同时,空军也不甘示弱。对苏联的战争打响之后,戈林将全部精力投入其中,很快便在罗斯特肯成立了自己的总部。德国空军在他的指挥下全力出击,猛烈扫荡了苏联的地面设施。

苏联在遭受到惨烈的损失之后终于醒悟,并对德国开始进行全力以赴的反击。虽然在战争初期苏军损失惨重,但苏军人数之多,武器之充裕,反击能力之强,是德军万万没料到的。总之一句话,之后发生的一切,皆不在希特勒和戈林的预想之中。战争进行到了11月,俄罗斯可怕的冬天来临了。此时,希特勒仍在积极部署,打算在莫斯科打一场大胜仗,戈林也认为解决莫斯科并不是个太大的问题,并为空袭支援积极准备着。

随着时间的推移,苏联就要进入寒冷的冬季,雨雪交加的天气越来越多,气温下降的幅度很大,随之而来的状况就是路况越来越糟糕。这一突如其来的变故让德军措手不及。他们事前并没有料到天气会忽然冷得如此厉害,没有准备冬衣,因此德军中出现大量被冻伤的士兵。不仅如此,就连德军的枪炮也被冻得无法正常使用。苏军抓住这个有利时机,对德军展开前后围攻的策略。在腹背受敌的情况下,德军士气低落。之后,在苏联猛烈地攻击下,德军更是狼狈不堪地后退50英里,以避开苏军的锋芒。

冬天的莫斯科气温达到了零下30多度,这使得德国军队更是寸步难行,其损失也越来越严重。

12月1日,戈林乘坐他的专列奔向法国,柏林着实是一个令人透不过气的地方,他想尽快离开这儿,望着车窗外的风景,仿佛不远处塞纳河畔的清新空气已经扑面而来。除此之外,在美丽的巴黎,还有令人魂牵梦绕的艺术品,这些,都能为戈林已经发昏的大脑注入新的活力。

战场的形势难以捉摸,谁也无法预料下一步谁会取得优势。苏联中路战线司令格奥尔基·朱可夫将军带领苏军开始对德军发起进攻。这支由多个兵种组成的部队,让希特勒大为震惊。他们猛烈无比的攻势,使德军遭受了无法恢复的重创。

而此时的戈林正在巴黎享受着悠闲的时光,似乎已经从复杂的战事中解脱出来,每天,他不是去卢浮宫陶冶情操,就是约见艺术品商人,偶尔还会去艾米开设的时装店指点迷津。戈林的内心中一如既往进行着他个人的爱好,他不断的收集各式各样的古董,有世界各国的名画,也有来自中国的陶瓷,就连他每天所使用的家具也都是稀世珍宝。他把主要精力都放在收集鉴赏古董上了。

在此期间,他做的唯一一件和战事有关的事情就是视察了战斗机大队,他认为自己手里拥有了大量奇珍异宝,无论战争的走向如何,他都会怡然自得的生活下去。

德军已经丧失了进攻的能力。过了不久,希特勒宣布,在苏联战线上,德军从进攻转为防御阶段。之后,苏军大举挺进,解放图拉。一个月以后,苏联重夺加里宁的控制权。不久,苏联宣告在西部的反攻计划完成。此时的德军一再撤退,对苏军已无法造成威胁。这个时候,戈林才感到大事不妙。

进攻苏联的惨败,使德军出现恐慌。希特勒下令德军不可后退一步,直到全部战死为止。并命令戈林不断地派飞机去轰炸,由于遭到苏联红军的顽强抵抗,戈林的部队建制不够完整,虽然派出了飞机多次轰炸,即使如此,德军还是无法抵挡苏军的反攻攻势,兵败如山倒,败局已定。德军想要闪电夺取莫斯科的计划宣告破产了。

与此同时,苏联红军已先后解放了罗加切沃、亚穆加等十余地,为第二次世界大战的根本转折奠定了坚实的基础。

就在苏联逐渐占据优势、德军处处被动的情况下,地球的另一侧发生一件让战火从欧洲燃向全世界的重大事件:1941 年 12 月 7 日,日本派出飞机轰炸了珍珠港。这个事件的发生,让希特勒大为震动。

日本偷袭珍珠港,迫使美国对日开战。从此美国正式加入到反法西斯阵营之中。

由于德国的处境也很困难,因此希特勒对于是否立刻向美国宣战颇费思量。

思虑再三,最终他还是决定同美国宣战,因为他对日本的军事实力还是很有信心的。他下令德国的海军可对美国军舰发起攻击。

得知这一切后,戈林怒发冲冠,甚至抑制不住内心的气愤而向希特勒发泄不满。他指出,根据条约,日本只有在受到美国侵略时,德国才会对美宣战;而如今的情况,德国完全没必要这样做。但希特勒心意已决。

12 月 11 日,戈林怀着沉重的心情坐上了回柏林的专列,回来后,他做的第一件事就是主持召开国会会议。会上,希特勒做了慷慨激昂的演讲,并发表了对美国宣战的宣言。元首具有煽动性的演讲的确产生了巨大的效果,人们群情激荡,不时地发出欢呼声。戈林默默地坐在最后一排,没有任何表情,此时此刻,他正沉浸在无尽的忧虑之中,看到台下那些被打了强心剂似的纳粹党徒在高呼,他的心情坏透了,并暗自嘲笑他们都只不过是元首任意摆放的棋子。

希特勒四大爪牙·戈林

会议结束后,希特勒命戈林在大厦的一个房间等待,房间非常安静,戈林仿佛能听到自己沉闷的心跳声,他暗自揣测元首接见他的目的,难道是解释对美宣战之前未与自己商量的原因吗?正想着,门开了,希特勒快步走进来,坐在椅子上,随即开始就各个战场的情况同戈林交换意见。期间,元首对解释原因这件事只字未提。而后,希特勒大谈德国空军在对苏和对北非战场上的表现,并表示很满意,这一点,倒是让戈林吃了一大惊,本以为会遭到批评,结果却恰恰相反。戈林不禁在心中感叹,如今元首的心思真是难以琢磨。

1941年冬天,德军在莫斯科第一次尝到了大败的滋味,因为苏联人取得了斯大林格勒保卫战的胜利。

就在希特勒将大部分心思都用在对苏战场上时,英国人突然出击,打了他一个猝不及防。1942年3月初的一天夜里,数十架英国飞机出现在德国的法国占领区上空,顿时,巴黎变成了不夜城,大规模的轰炸让毫无准备的德军损失惨重,另外还有近千名法国民众死于非命。整个战事发生了变化,很多人认为英国反攻西欧的时机到了。希特勒被激怒,火速召见戈林,未等其开口便大发雷霆,绝不能让英国飞机在属于德国空军的天空中出现,希特勒命戈林必须给英国人以教训,让他们付出代价。他告诉戈林做好轰炸伦敦的准备。

希特勒要让英国加倍偿还德国受到的损失。此间,戈林唯有低头听训,绝无插嘴的机会。最后,希特勒命戈林随时待命,不可擅自行动。此后,戈林一直处于备战状态,而其内心则无时无刻不为此感到忧虑。3月21日,戈林接到元首暂缓行动的命令,虽然内心疑云重重,但面对脾气越发暴躁的元首,他不敢再多问半句。

6天后,事态又有所升级,200余架英国飞机趁夜色再次袭来,攻击了德国的又一占领区，这次，英方还使用了燃烧弹，效果非常好，摧毁了占领区的中心地带。

这一切，对于德方来说，简直就是火上浇油，戈林忙得团团转。第二天，他又被元首火速召见。希特勒愤怒地命其率领空军打击英国除伦敦以外的其他城市，接到命令后的戈林一刻不敢怠慢，立即采取行动，轰炸了英国的数个重要城市。然而，英方并未因此而退缩，4月初，英国空军又进行了新一轮的袭击，以此回敬德国。

就战事整体而言，纳粹德国打击的均为英国的非军事目标，自身损失大，收效却很小，对于这一点，戈林甚为不满。因此，他在向元首汇报情况时，常小心翼翼地提出劝告，请希特勒放弃这种行为，然而，一切都是徒劳。元首不但没有接受他的建议，反而警告戈林，必须服从命令，他指出现在德国所采取的行动，是打击英国最有效的方法。戈林不敢多言，只好作罢。

随着战事的发展，戈林经常夜不能寐，他那脆弱的心脏也时常不堪重负，令其备受折磨。目前，摆在他面前的真正的麻烦并不是英国的狂轰乱炸，而是北非和对苏战场上空军的作战配合，以及让人挠头的空运问题。另外，他在"四年计划"中提出的战备资源问题也突显出来，尤其是航空汽油的短缺，已使德国的陆军部队和空军部队的作战能力受到影响，这一切都不得不让戈林忧心忡忡。这一年3月底，希特勒收到一份报告，报告中指出德军在苏联缺乏越冬所必备的物资，将士们只能靠意志力和严寒做斗争。冬季战争终于结束了，德军在这场战役中受到的损失无法挽回。死去的军人不计其数，人力和物力都相当缺乏。

斯大林格勒战役以苏军的胜利而结束。整个世界改变了，希特勒正带着他的第三帝国走上末日的道路。但此时的希特勒并不知道这些，他正忙于处理政府内部问题。

希特勒四大爪牙·戈林

复仇与衰落

事实上，在斯大林格勒战役之后，戈林对于军事的参与并不多了，甚至可以说，他已处于半隐退状态。此时的戈林，一方面身体健康不尽人意，另一方面他对战事的发展越来越悲观。希特勒召开的作战会议上很少能看到他的身影，而元首似乎也忘记了元帅的存在，更加忽视他。戈林自己也承认这一点，他曾对人说，自己对元首的影响到 1941 年底基本结束，后来几近消失。

英国战机如喷火的巨兽，在天空盘旋着，这一时期，德国许多重要的城市遭到了毁灭性打击，德国空军几乎失去了战斗力。最初，面对四面八方的声讨，戈林还会不厌其烦地给予解释，后来，他干脆以沉默以对。从前，每次向元首汇报，戈林都会亲自上阵；如今，他通常是派人代之。而派去的人回来必须要向他详细汇报情况，如有不合其心意之处，戈林便会大发雷霆，狠狠训斥一番，因此，部下每次向他汇报都像受刑一般。

无休止的空袭让人透不过气，短短 9 天中，汉堡就遭到了 5 次大规模轰炸。德国空军的颓势令人一次又一次失望，各界对空军越发不满，而戈林的部下也自然成为他的出气筒，每每都被狠狠地教训。

8 月 13 日，美国将德国的一处飞机制造厂炸毁，戈林为了躲避谴责，自顾躲在巴伐利亚。希特勒鞭长莫及，只能对其手下又吼又叫，歇斯底里。

逆流而行的德国遭受着重重阻力，从 1943 年 10 月开始，德军开始从对苏战场上撤离，希特勒几乎没有一天不发脾气。他经常召见戈林，面对其诉苦，他不是告诫就是痛斥。戈林曾在日记中写道：元首已听不进去任何人的意见，对我也越发不信任，他对空军的介入，使我看起来可有可无。

1944 年 6 月 6 日，盟军终于决定向西欧进攻。

战火在大地上蔓延，更在希特勒心中燃烧，他命戈林无论付出任何代价，也要对伦敦等英国城市发动大规模空袭。这一次，戈林没有让元首失望，很快，英国的一些重镇便淹没于火海，且空军损失非常小，这使得戈林在公众的形象稍有好转。不过，他并没有因此而乐观，戈林深知，这一切都无法扭转败局。

此时的战争局势对盟军非常有利，盟军可以顺利地攻打西欧。在苏德战场上，纳粹军队连连战败，苏军大举反攻。迫于苏军的强大攻势，希特勒只好将大量兵力调去牵制苏军。

西欧的各国人民展开了积极地反法西斯运动，给德军在那里的势力造成了严重的威胁。

同时，地中海和大西洋的海上航道均已被盟军掌控。种种条件，都为反法西斯军队开辟第二战场做足了准备。

1944 年一个冰雪初融的季节，德军在乌克兰的军队撤退到了加利西亚地区以及苏罗、苏捷交界处。

这时的撤退使中央集团军的右翼完全暴露出来了。苏军抓住了这个时机，一鼓作气，在白俄罗斯把一向战无不胜的中央集团军打得一败涂地。一连串的失败令希特勒震惊不已。

阿登反攻是希特勒垂死的孤注一掷。在这一时期，纳粹上层之间的权利争斗似乎也被战火烤得火热，已不再得势的戈林几乎与希特勒周围的人

希特勒四大爪牙·戈林

形成了对峙。

元首任命空军将领从不征求戈林的意见，许多重要问题也不与其商量，甚至一些重大的政治会议也无需他参加。戈林手下的得力干将克勒伯曾劝其多主动接近元首，以便日后东山再起，但戈林只是微微一笑，无奈地摇着头。

不久，他竟然发现，不仅纳粹上层与自己作对，就连其手下的一些爪牙也不把他放在眼里，戈林的一举一动很快就会被希特勒知道，这种滋味让他痛苦了好一阵子。

1945年元旦那天，德国元首派了8个师进攻萨尔地区，并派海因里希·希姆莱攻占莱茵河的桥头堡。海因里希·希姆莱带兵攻打桥头堡，其他将领们觉得这是件十分滑稽的事情。在整个"二战"中，这是德军组织的最后一次大范围反攻，然而仍难逃失败的结局。

希望就像破出阴云的那丝光亮一样，在1月5日这一天乍现。上午，德国空军派出2000余架战机对盟军西线的数个机场进行火力十足的打击，戈林屏住呼吸，焦急地等待着战报。当得知盟军被击毁500余架战机后，他兴奋不已。但是第二天，当德国空军损失被报上来时，他又一次被希特勒狠狠地痛斥了一番。

德军陷入了十分危险的境地，其战线随时有被盟军反击并切断的可能。1月8日，在豪法里兹的德军开始撤退。

之后，德军又退回到了原地，而当时的时间正是他们发动反攻的一个月之后。战机在天空喷射着它们的怒火，而希特勒对戈林的冷漠和蔑视也一天强过一天地喷射着。

一位德军陆军元帅曾回忆道：在军事会议上，元首常常不正眼看这位帝国元帅一眼，甚至让我坐下，却让他站在一边。

此时，德军在西线崩溃，也让东线的德军彻底毁灭。希特勒对于形势的判断频频出现错误，他将自己仅有的后备力量全部投入到阿登战役之中。很快，这个动作就招来了惨痛的后果。

苏联向布达佩斯进军之后，很快就包围了那里。古德里安曾两次向希特勒求助，但并未得到积极的回应。

1月9日，古德里安亲自到达大本营去请求救援。这次他是有备而来，不仅带了东线的谍报人员，而且还拿了战争地图，试图向元首详细说明德军的困境。然而元首知道后却大发雷霆。

古德里安说的都是事实。1945年1月12日，苏军从华沙南面出击，一路攻向西里西亚。华沙北面，苏军已经越过维斯杜拉河，经过5天的奋战，华沙获得了解放。再往北面，苏军攻占了半个东普鲁士，并将势力扩大到了但泽湾。到了1月27日，苏军声势浩大的进攻，很快就使纳粹面临着全军覆没的危险。

这一时期，艾森豪威尔的兵力空前强大。到2月份时，已经拥有85个师。2月8日，艾森豪威尔率兵前往莱茵河。仅半个月时间，他已经完全占领了摩泽河以北的莱茵河左岸。德军损失惨重，死亡和被俘的士兵达到了35万。

3月下旬，美军迅速越过莱茵河后，将队伍分为两批，分别向德国的北部和鲁尔区发起进攻。此时的希特勒已方寸大乱。

希特勒把自己的后备力量全部都拿了出来。从四处集齐1400多辆坦克和重炮，又从全国征调28个师的兵力。就此时的形势来说，希特勒所做的一切都是徒劳。

1945年4月，苏军时刻准备对德军发起全面进攻，他们蓄积了巨大的力量。

希特勒四大爪牙·戈林

自 1945 年以来,德军的抵抗能力越来越弱,军情一次比一次糟糕。战场的失利使得希特勒的神经质越发严重了,他的手脚抖得厉害,越来越难以控制。

4 月 15 日,希特勒发出了紧急告诫,所有放弃战斗的军官,就地枪决。他还号召将士们要进行"无情的战争",坚信自己永远不会失去柏林,永远不会失去德国。

苏军将攻打柏林的战争筹备得非常充分,因为他们知道希特勒不会善罢甘休,一定会拼死搏斗。英、美等国也源源不断地将军火运往苏联。

在进攻前两天,苏军已经在许多地段实施战斗侦察,准备好做最后的强攻。在战斗的尾声,希特勒再一次将国防领导人换掉了。3 月末,古德里安主动卸任陆军总参谋长的职位,由克莱勃斯上将继任。克莱勃斯精通俄语,对苏联红军有着相当深入的研究,号称"红军专家",在苏德战争爆发之前,曾经担任过驻苏联大使馆的助理武官。

1945 年 4 月 16 日早晨 5 时,苏军发起了进攻。千炮并发,声势浩大。尽管德军已经有了一些心理准备,但依然十分恐惧。

在苏军的猛烈攻势下,德军已经无法与之抗衡。纳粹军队就要走向灭亡了。

从 4 月 21 日到 5 月 2 日,苏军对柏林发射了 180 万发炮弹。在市区战斗的第三天,苏军运来了要塞炮,用来对城里修筑的比较坚固的工事进行轰炸。这种专门攻击要塞的炮弹,重量惊人,每一发就有半吨之重。

不久,要塞炮的炮弹飞向柏林城内,原本看似坚固无比的防御被炸得支离破碎。

即使面临如此绝境,希特勒仍抱有不切实际的幻想。因为德国元首并不知道苏军攻势是何等猛烈。德军部队已被分割,根本无法向苏军展开任何攻势。

4月22日,这一天出现了希特勒灭亡之路上的最后一次重大打击。当时,柏林军队奉命撤出北面的阵地,前往施坦因纳进行援救。苏军趁着柏林北面阵地的空虚之机,让坦克部队挺进柏林城内。希特勒听到这一消息,完全失控了,发疯似地咆哮起来:"这就是末日了!"

他感觉每个人都背叛了他,每个人都在欺骗他。他知道所有的一切都完了,他要和柏林共存亡。

而在当时,邓尼茨和希姆莱并不在柏林,而是在西北指挥军队,他们也给元首打来电话,希望元首能迅速离开柏林,保住性命,也能维持住纳粹当局对士兵们的号召力。

然而固执的希特勒执意要留在柏林,他要死在他所钟爱的首都,随后他把凯特尔叫来,希特勒知道这位忠诚的追随者肯定会陪着他,一直到他生命的终结。然后,希特勒开始翻阅文件,把其中重要的文件挑选出来,交给部下带到花园中销毁。

凯特尔对元首说,他并不愿意离开他,而希特勒却回答:"这是命令,你必须服从。"

凯特尔伴随了希特勒很长的时间,而在这段时间里他从未违抗过他的命令,哪怕要他上刀山、下火海,他也义不容辞,顺从是凯特尔的本性,他没有再多说什么。但相反,约德尔并不像他那样俯首帖耳,他终于忍不住了。虽然他对元首也忠心不二,替他出生入死,但是他有自己做军人的原则,他认为希特勒现在的表现,就是放弃对军队的指挥权,在大难临头之时推卸对军队的责任。

希特勒四大爪牙·戈林

戏剧性的落幕

　　希特勒曾宣布戈林为他的继承人。但戈林还想将这个消息确凿下来,于是便给希特勒打了电报,电报的内容如下:

　　我的元首:

　　由于您已经决定留在柏林了,那您是否同意您在 1946 年 6 月末的承诺,由我来继承总统的职位? 如果我在晚上 10 点钟还没有接到您的回复,那么我会认为您已经失去了自由,那么我也将马上接替您的职位,我将为国家为人民贡献我毕生的力量。您知道我非常的尊敬您,在我最困难的时候,是您给了我勇气,我对您的感情,非语言所能表达。希望您能化险为夷,早日来此。

您的忠诚的

赫尔曼·戈林

　　很快,戈林又发出一份电报,收电报人为里宾特洛甫,内容如下:

　　我已致电元首,请他于 4 月 22 日前对我有所指示。届时若元首已失去处理帝国事务的行动自由,那么,我将采取行动,按元首 1941 年 6 月 29 日签署的命令中的指示,正式就任元首一职。如果在 4 月 23 日之前,你还没有收到任何新的命令,请立即飞往我处。

赫尔曼·戈林

两份电报发出以后,戈林便匆匆忙忙地开始准备就任事宜,但让他万万没有想到的是,正是这两份电报,终结了他与希特勒的关系,也断送了他的政治生命。

看到电报后,希特勒气愤至极。早就想清除戈林的鲍曼更是火上烧油,指出:这是戈林赤裸裸的挑衅,是给元首下最后通牒的叛逆行为。意外的是,希特勒并没有暴跳如雷,他的目光停在电文上,保持着沉默。

就在这时,戈林的第二份电报也被送来。鲍曼很快知道了电文的内容,"他将于今夜接任您的职务,这简直就是搞政变!"鲍曼大叫道。希特勒再也压抑不住内心的怒火,随即大骂起来。而后下了一道命令,禁止戈林采取电文中所说的任何措施。半个小时后,戈林回电,以心脏病复发为由,请辞一切职务。

事到如今,戈林已无法收场,很快,这位元首的背叛者就又接到了一份电报,电文中明确指出戈林已经犯下"叛国罪",理应处死,但念及他曾为帝国效命,所以,暂免死罪。与此同时,党卫军也收到了一份电报,命其立刻逮捕戈林。

当晚,希特勒就在他的政治遗嘱中重申免去戈林职务的决定,他措辞激烈,指出戈林对帝国的不忠,对元首的背叛,以及给国家带来的无法弥补的耻辱。晚9时许,党卫军冲进戈林住所,将其逮捕。

戈林阶下囚的日子开始了,他先是被党卫军就地监禁,后被移至毛特恩多夫城堡,接着,又被关进一支空军部队的监狱中。

4月25日下午4点40分,美、苏两国的军队在易北河上进行了会师。将德国切成南北两块。

此时,希特勒被反法西斯军队围困在柏林。另一方面,德军疯狂地涌向西面,争先恐后地向英、法军队投降。

之所以这样，是因为他们在攻打苏联的时候犯下令人发指的罪行，因此都不敢向苏联投降。曾经不可一世的德国，此刻被盟军围得水泄不通，再无一丝挣扎之力。

希特勒已经是四面楚歌了。

短短几周时间，希特勒神情萎靡，好像一个历尽沧桑的老人一样。他不愿意给敌人留下任何将他碎尸万段的机会，因此他命令在自己死后将其遗体进行火化。

4月30日，苏军又一次对国会大厦进行了打击。战士们斗志高昂，有些士兵在身负重伤的情况下，依然奋力前进，战斗到最后一刻。

负隅顽抗的德军终究还是抵不过苏军如此猛烈的进攻。4月30日晚上，苏军在帝国大厦上面竖起旗帜，宣告了他们的胜利。代表着希特勒的战争之剑，终于倒下。

自杀之前，希特勒命令身为他秘书的荣格夫人将所有剩余的文件全部烧掉，并让身在地下避弹室的人等着和他告别。之后，他将自己的爱犬全部毒死，并把毒药分别交给两位女秘书。吃过午饭之后，希特勒带着爱娃自杀了。

随着纳粹德国的覆灭，戈林也几经辗转，最后被关进美军的监狱中，等待着他的，是最后的审判。

作为希特勒的爪牙之一，他在第二次世界大战中犯下了滔天的罪行，他既是政治首脑，也是军事首脑，所以，不存在减刑的可能。审讯过程中，戈林对自己的种种罪行供认不讳。在国际军事法庭上，戈林最终被判处绞刑，行刑日期定为10月16日。当法官宣判的声音从戈林的意识中渐渐远去，他的嘴角不禁抽动了一下，此时，戈林只有一个想法，那就是决不能让一个帝国元帅死在绞刑架上。

一个自杀计划逐渐在戈林的心中形成。之后的日子,他一直在为实现计划寻找机会。机会来了,一天,一位名叫维利斯的美国军官在对戈林进行例行检查时随口问了他几句关于狩猎的事,戈林投其所好,为他讲了些狩猎方法。此后,维利斯又多次与他探讨了这方面的话题,戈林知道,时机已经成熟。

入狱时,戈林曾带有两样名贵的东西,一只钢笔和一块瑞士手表。这天,他趁别人不注意,将笔和手表送给了维利斯,戈林只有一个要求,那就是让维利斯带他去取一样东西。当然,他对维利斯谎称那只是一个对自己有纪念意义的物品而已。多日来的相处,再加上得到了好处,维利斯思考片刻,最终答应了戈林的请求。维利斯利用职务之便,将戈林带到了目的地,这里藏着戈林入狱时带进来的毒药氰化钾。

拿到毒药后的戈林内心百感交集,当他把毒药偷偷藏在牙齿中时,无尽的酸楚突然涌上心头。10月15,绞刑前夜,纽伦堡的星空清冷而宁静,晚21时许,狱医为犯人做了例行检查,而后,戈林平静地躺在床上,毫无异常。22时40分,看守透过监舍门上的窥视孔看到戈林双手交叉,举起,又放在胸前,似乎在做着什么祷告。大约三分钟后,看守突然听到一声窒息般的喊叫,戈林服毒自杀了。

从"一战"时的优秀飞行员,到啤酒馆政变时的落荒而逃,再到二战时权倾朝野的空军元帅,戈林的一生可谓跌宕起伏。对权利的欲望,对财富的贪婪贯穿了他的整个政治生命,他是希特勒的一只魔爪,用罪恶之毒残杀了不计其数的无辜的生命,随着反法西斯战争的胜利,纳粹党徒受到了应有了惩罚,戈林更是死有余辜。就在他生命戛然而止的一刹那,他罪恶的灵魂也坠入历史的万丈深渊,永远被大地踩在脚下。

希特勒四大爪牙·戈林

戈林生平大事年表

1893 年 1 月 13 日,出生于巴伐利亚南部罗森海姆的马林巴德疗养院。取名为赫尔曼·威廉·戈林。

1904 年,戈林毕业于菲尔特本地小学,被送入安斯巴赫的住宿制文科中学,但因备受欺侮而逃离。次年转而进入卡尔斯鲁赫的军校接受初级军事教育,16 岁时进入格罗斯利希特费尔德高级军校就读。

1912 年,戈林从军校毕业,进入驻米尔豪斯的步兵团服役。

1914 年,"一战"爆发,法军进入米尔豪斯,戈林所在步兵团与其发生正面交战。同年,在教父的帮助下通过关系转入空军,服役于第 5 集团军下的第 25 野战航空营,担任侦查机后座观测员。

1915 年 3 月,因与搭档罗尔泽成功拍摄凡尔登要塞上空照片而受到嘉奖,双双获得第 5 集团军司令威廉王储授予的一级铁十字勋章。

1915 年 9 月,专职成为第 25 野战飞行营所属的战斗机飞行员。11 月,在交战中受伤,带伤驾机返回,被迫住院修养一年。

1916 年 11 月康复出院,此后相继于第 7 战斗机中队、第 5 战斗机中队和第 10 航空补充营服役。

1917 年 5 月,被提拔为第 27 战斗机中队队长,与前搭档罗泽尔同在一队。因战绩优秀,获得"铁人"称号。

1917 年 10 月和 1918 年 6 月 2 日, 分获霍亨索伦皇家佩宝剑骑士勋章、巴登大公国的卡尔·腓特烈军事骑士十字勋章,以及功绩勋章。

1918 年 7 月 7 日,因成绩突出,戈林被任命为"里希特霍芬联队"——即第 1 战斗机联队的队长。

1918 年 10 月 29 日至 11 月 3 日,德国基尔港水兵起义。11 月 9 日,威廉二世被迫退位,德意志帝国灭亡。11 日,德国对外宣布投降,第一次世界大战结束。里希特霍芬联队受命交付飞机并向法军投降,但队员集体抗命飞往达姆施塔特,并使用摔机着陆毁坏所有战机。

1918 年 12 月, 戈林与好友恩斯特·乌德特一家返回慕尼黑与母亲居住。受曾经结下友谊的英国空军上尉法兰克·比蒙特资助度过了一段贫穷时光。

1919 年,荷兰航空公司邀请戈林进行飞行表演,双方结成合作关系。于

希特勒四大爪牙·戈林

瑞典巡回演出期间,戈林结识瑞典贵族夫人卡琳·福克,两人相爱并私奔。

1921年夏,戈林夫妇回归德国,于1922年至1923年期间就读慕尼黑大学,专攻经济学和历史学,开始产生国粹主义思想。

1922年11月,结识了阿道夫·希特勒,结下很深的友谊。12月,戈林加入纳粹党。

1923年3月1日,戈林担任纳粹冲锋队总指挥一职,整顿队伍素质和军容,增强了冲锋队纪律性和战斗力。

1923年11月9日,纳粹党及拥护者发动啤酒馆政变失败,首领阿道夫·希特勒被捕。戈林中枪受伤,携妻子隐居避难,后逃至奥地利因斯布鲁克和意大利寻求帮助,期间大量吸毒镇痛,形成嗜药症。

1924年12月,希特勒获释,重建纳粹党。戈林得到消息,开始寻找机会从意大利返回。

1927年,兴登堡总统特赦啤酒馆暴动的叛乱分子,戈林回到德国。1928年5月20日德国国会选举,戈林晋身12个纳粹党席位议员之一,并全力为纳粹党拓展上流社会与商业巨头间的人脉。

1931年,戈林第一任妻子卡琳去世。悲痛让他将全副精力投入事业,1932年7月31日的大选中,纳粹党取得了230席,超过社民党一跃成了国会第一大党,戈林被任命为国会议长。

1933年1月30日,希特勒成为德国总理,任命戈林为不管部(即无具体职务,参与众多国务商讨制定的大臣或内阁成员)部长,同年,戈林组建普鲁士邦秘密警察,即盖世太保。

1934年6月30日,与希姆莱等人合作,处决罗姆等冲锋队领袖及部分党内异见和威胁人士,史称"长刀之夜"。

1935年,希特勒宣布废除《凡尔赛和约》。德国将重整军备,重建空军,戈林被正式任命为德国空军总司令,率领一众军官组建新空军。

1936年10月,戈林被任命为"四年计划"总负责人。1937年内,他取代了亚尔马·沙赫特成为德国经济部长,

1940年,德军发动西线攻势,一举楔入法国,戈林发动的空军轰炸敦刻尔克行动没能完成摧毁英法联军部队的任务,使英国的"发电机"计划成功撤走30余万人。

1941年,戈林在阻止希特勒不成的情况下,率空军参与巴巴罗萨计划,大量毁灭苏联空军力量和机场与其他地面设施。同年,他被希特勒指定为政治继承人。

1942年初,斯大林格勒战役在寒冬中僵持不决,戈林的空军投放补给

希特勒四大爪牙·戈林

受天气影响不能及时抵达,导致春季末期斯大林格勒德军最终战败。

1942 年,英美军队多次空袭德国城市,德国空军无力抵抗,戈林的声望与受宠程度下降。

1943 年,戈林毒瘾加重,加上权力争夺逐渐力不从心,开始放任奢华享受。

1945 年,戈林最后一次参加希特勒生日聚会。

1945 年 4 月 23 日,戈林鉴于形式,发送电报询问被苏军围困在柏林总理府的希特勒是否允许接替他行使国家指挥权,因为措辞过于露骨,激怒了希特勒,被下令逮捕软禁。

1945 年 5 月 6 日,戈林被交给空军监狱看管。7 日,他害怕受到秘密警察杀害,同副官一同赶往美军占领区的路上遭遇了进入雷德斯塔的美军部队,被逮捕。

1945 年 9 月,戈林被移交纽伦堡,11 月 20 日开庭审理。

1946 年 9 月 30 日,戈林被宣判罪名成立,判处绞刑。

1946 年 10 月 15 日下午 10 点 47 分左右,戈林服用毒药自杀身亡。